少年記

レクイエムと初恋と

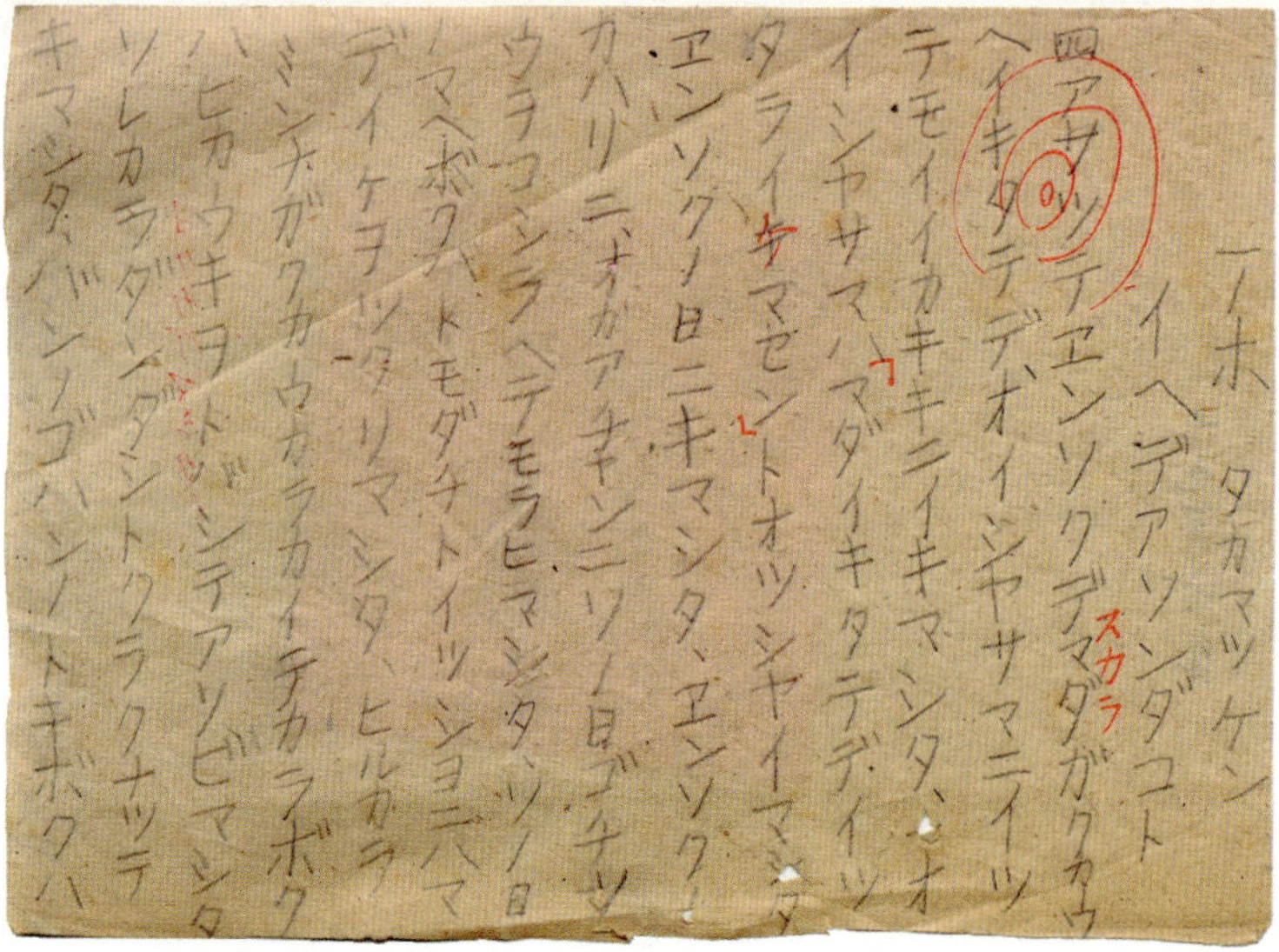

一ノホ　タカマツケン
イヘデアソンダコト
四アサツテエンソクデマダガクカウ
ヘイキマシテデオイシヤサマニイツ
テモイイカキキニイキマシタ、オ
イシヤサマハマダイキタテデイツ
タライケマセントオツシヤイマシタ
エンソクノ日ニキマシタ、エンソクノ
カハリニオカアチヤンニソノ日ブチツ
ウヲコシラヘテモラヒマシタ、ソノ日
ハマヘボクハトモダチトイツシヨニハマ
デイケヨウトシマシタ、ヒルカラ
ミンナガクカウカラカイテカラボク
ハヒカウキヲトバシテアソビマシタ
ソレカラダンダントクラクナッテ
キマシタノデバンゴハンノトキボクハ

▲ 遠足に行けなかった日の作文　国民学校一年生。

▼ 空襲の日の作文　国民学校一年生。

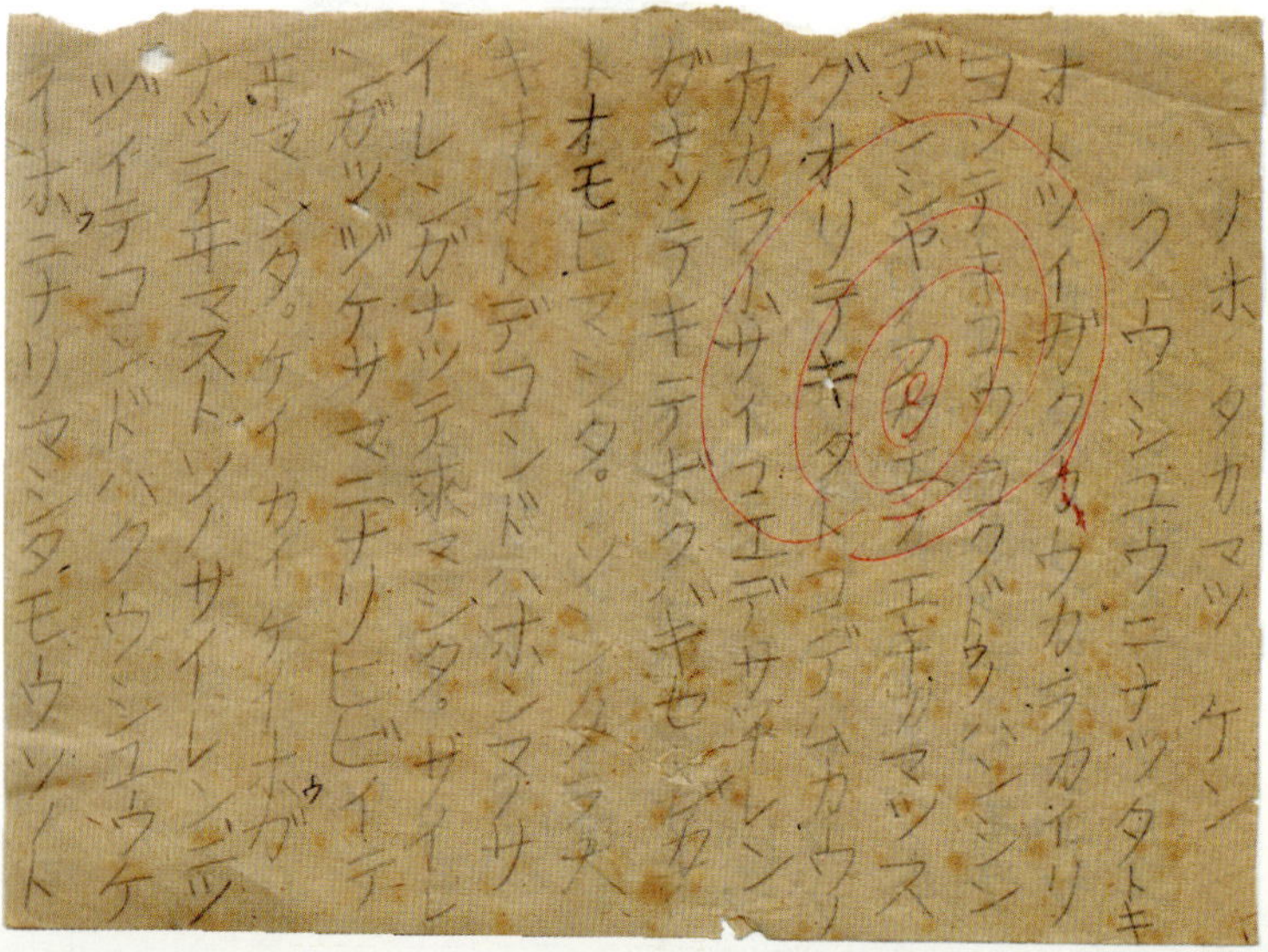

一ノホ　タカマツケン
クウシユウニナツタトキ
オトウサンガクウカウカイリ
ヨンデキテウカクガハンシン
デンシヤデキテカヘツテマツス
グオリテキタトコデムカウ
カカラハサイコエデサヤレン
ガナツテキテボクハキセヤカ
トオモヒマシタ。ソシタラ
キキオトデコンドハホンマイサ
イレンガナツテホマシタ。ザイレ
ンガツヅケザマニナリヒビイテ
オマシタ。ケイカイケイホウガ
ナツテキマスト、ソノサイレンガツ
ヅイテコンドハクウシユウケ
イホウニナリマシタ。モウツイト

父に教わった戦況を地図にした作品（昭和十九年四月三日）

一、行け行け軍かん
日本の、國のまはりは
みんな海。
海の大なみ こえて行け
二、行け行け軍かん
日本の
國の光を
何千り、
海のはてまで
かがやかせ。
高松健

「行け行け軍かん……」国民学校一年生の時の図画。

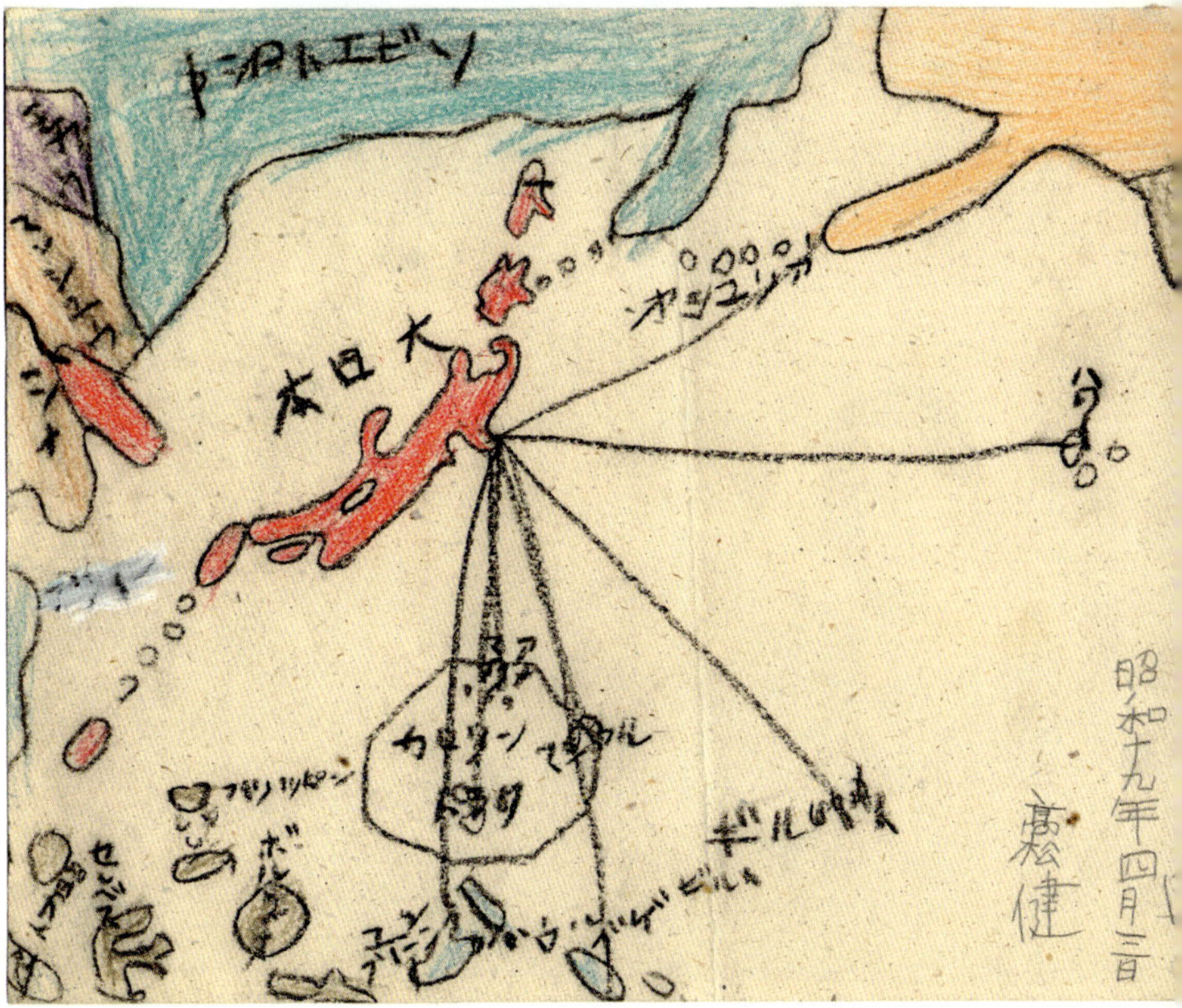
大日本
昭和十九年四月二日
高松健

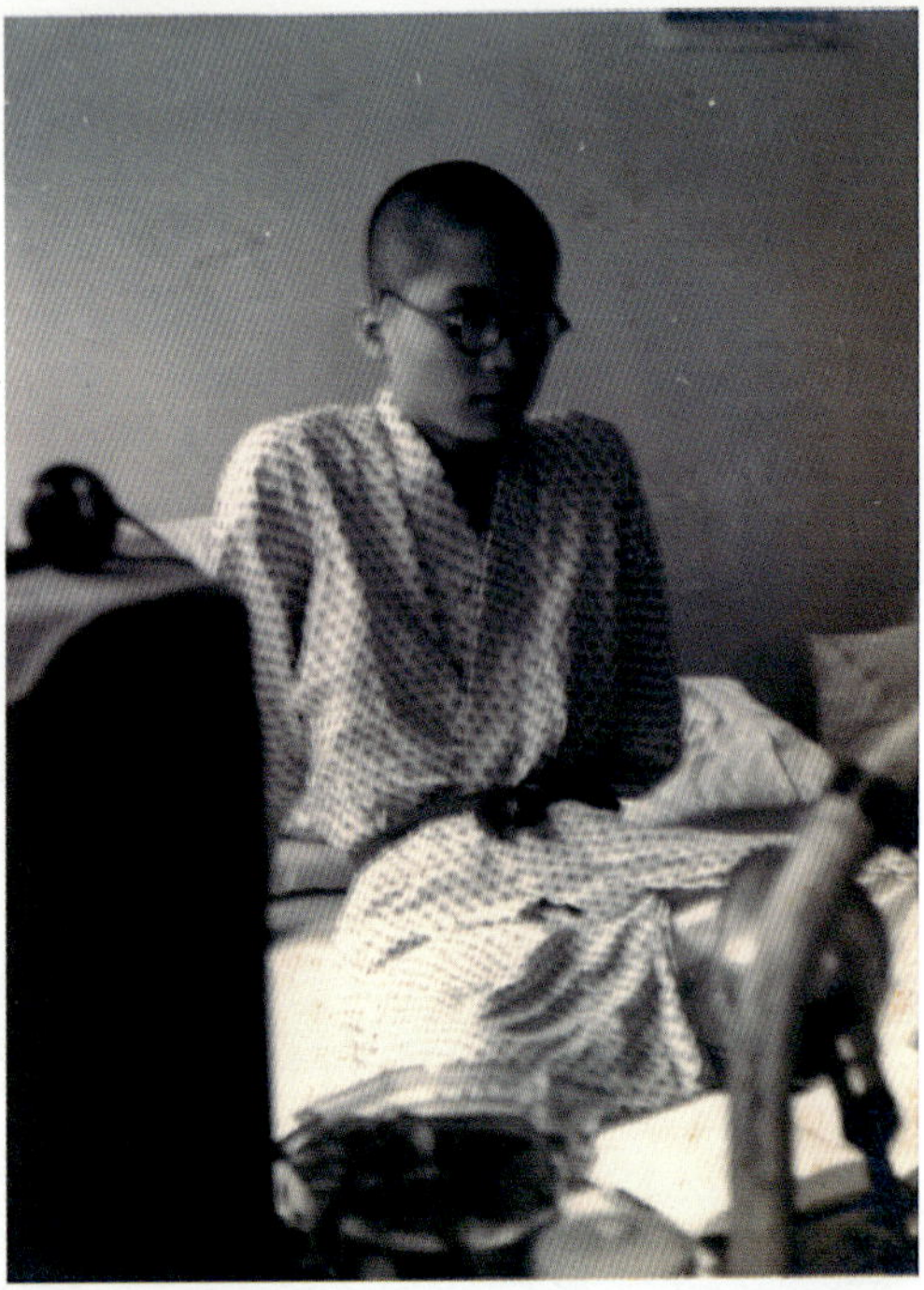

右、入院中の筆者　歩行許可が出て、勉強も出来るようになったころ　ラジオ、イヤフォーン、スタンド、本などが見えている（昭和三十、三十一年ごろ）。
下、右から父（三十四歳）、筆者（三歳）、妹（二歳）、母（二十六歳）（昭和十六年一月四日）

目次

第一章　金木犀の匂うころ

(1)

どの庭にも樹木がいっぱいに生い茂っている静かな住宅街だった。まだよちよち歩きの私の手を、父と母が左右から引いてくれた。母は生まれて一年を過ぎたばかりの妹を抱いていた。

父の出勤を見送って、快い流れの絶えない小川のほとりに来ると母は立ち止まった。父は私の手を離すと、小川からむこうの、大邸宅が左右につづく道を去って行った。私は母の手を握ったまま次第に小さくなる父の姿を目で追っていた。

邸宅の切れる曲がり角は、幼い私にははるか彼方のように思えた。そこまで来ると、父が振り返って手を振っているのが見えた。

「おとうちゃーん、行ってらっしゃーい」

力いっぱい叫んだ。父の消えた曲がり角をいつまでも見つめていた。

「さ、帰りましょ」

と母に促され、今来た道をよちよちと戻って行った。

父の姿をもっとはっきり見たくて、望遠鏡をねだった。そして父の帰りを待った。父の帰りはいつも夕暮れ時だった。三畳の茶の間にちゃぶ台が出され、その周りに私と妹がちょこんと座った。母はご飯拵えに余念なく、台所と茶の間を幾度か往復していた。

そこへがらっと玄関があいて父が帰って来る。幼い兄妹は父に飛びついて行った。母もあとから微笑みながらやって来る。父が帽子やコートを脱いでいる間に、兄妹は鞄を茶の間へ引きずってきておみやげを探した。日によって、菓子やおもちゃ、絵本などが出てきた。よく出てきたのは赤いイクラだった。父の好物で、しかも子供たちも舌先にぷつりぷつりとつぶれる感触をよろこんで、早速食膳に供された。明るい電灯の下で一家四人の団欒が始まった
望遠鏡はなかなか鞄の中から出てこなかった。おねだりにあって父はいつも苦笑いしてあやまった。幾日か経ってやっと買ってもらった私は、有頂天になって、朝にはその望遠

鏡を持って家を出た。いつもの小川のところに来ると、いつまでも小さくならない父の姿がうれしかった。

それから数日すると、父は出勤しなくなった。西と南が庭に面した四畳半の部屋に布団を敷いて臥せっていた。私には

「お父ちゃんは病気なのかな」

ということくらいしかわからなかった。

父は時折私を連れて灸の先生のところへ行った。父の羽織姿が珍しかった。電車にゆられて灸の先生の家に来ると、縁先に九官鳥が籠に入れられて吊るされていた。

「こんにちは」

と声をかけると、九官鳥も

「こんにちは」

とこたえた。それが珍しくて、何度も何度も相手になった。

帰りは日もとっぷり暮れて寒くなった。電車に乗ると、父の羽織の中に入って顔だけ出し、暗い外をじっと見つめていた。間もなく外がぱっと明るくなった。家の屋根や電柱の

影が黒く大きく浮かび出、焔が見えた。電車は徐行し始め、火事の大きな火のかたまりが天に昇って行った。私は何かしらおそろしくなって父にしがみついた。

「こわくないぞ、ケン坊」

と言って、父はしっかり抱きしめてくれた。

(2)

私の脳裡によみがえってくるその次の情景は、山深い中に散在していた療養所だ。家から電車を三つも乗り換え、さらにバスで山を登って行くと、大きな池に出た。その池のほとりに、山を背に療養所の本館が城のように聳え立っていた。父はそこにいた。幼い兄妹二人が来るのをとてもよろこんだ。子供たちもはしゃぎまわり、室の外側に付いているベランダを走って隣の病室に入り込み、ひどく叱られた。

療養所は面会時間が厳しく、すぐに帰らなければならなかった。父に会いに行く往途はうれしかったが、母と三人、父のいない家に帰って来るのはさびしかった。

父との間には郵便がよく往来した。といっても私たちに字の書けるはずもなく、私たち

父がいた療養所

父への郵便を背伸びしてポストに入れている

の描いた絵と写真がその内容だった。妹のチコチャンは初めてクレオンが握れるようにな って、母に下駄の輪郭を描いてもらい、それに色を塗って送った。母は私と妹が砂遊びを しているところ、家の角から自動車をのぞいている後姿、野原で石投げに夢中のところ、 紀元節の日に小旗を振り回している姿などを毎日のようにカメラに収めて送った。私はこ れらを、かつて父の出勤を見送った小川の脇にあるポストへ入れに行った。ポストに手が とどかず、背伸びをして一生懸命に入れた。

(3)

世の中は大分騒がしくなってきた。「紀元二千六百年の歌」というのが毎日ラジオから流れていた。無心にこの歌をよく歌った。少しむずかしい歌なので、ややゃさしい「…紀元は二千六百年、ああ一億の…」という部分ばかり歌った。

やがて太平洋戦争が始まった。幼い私に戦争が何であるかわかるはずもなかったが、時折買ってもらう絵本には急に飛行機や軍艦、戦車の絵が増えた。日本、ドイツ、イタリアの旗がひるがえり、その下に三人の子供が手をつないでいる絵もあった。日本とドイツという国とは、ついこのあいだまで敵同士だったのに今は味方なのだと聞かされてふしぎに思った。また大きな軍艦が二隻水柱を立てて沈む絵が載ったこともあった。これは「プリンス・オブ・ウエールズ」と「レパルス」というイギリスの戦艦だと教えられた。

父は療養半ばにして退所してきた。私たちはよろこんだが、父は四畳半の部屋に臥せったきりだった。時々布団のむきを西にかえたり南にかえたりし、食事をするにも起きることはなかった。

戦争は日本が優勢で、中国本土奥深く蔣介石を追い詰め、シンガポールも陥落して昭南島と改名され、スマトラのパレンバンには落下傘部隊が降下して、毎日ラジオは軍艦マーチを奏でていたが、日常の食料は急速に窮迫していった。父は栄養補給のため毎朝ご飯に生卵をかけていたが、それすらぜいたくになりつつあった。そのおこぼれを一口ずつもらう私と妹は大事に大事にして食べた。舌先にとろける生卵ほどおいしいものはないと思った。しかしのちには

「お父ちゃんの病気は悪いのよ。ご馳走をあげて早く治ってもらいましょうね」

と言われて、おこぼれはこなくなった。

妹は大きくなって、なかなかしっかりしてきた。食事時うっかり私が飯粒でも落そうものなら

「おお、おお、こぼして、こぼして」

と母の口調を真似ながら、その飯粒を小指でかき寄せてくれた。

一つ違いの兄妹はどこへ行くのも一緒だった。いつもむっつりした兄と、ベレー帽をちょこんとかぶって人なつこい妹。対照的な二人だった。

この兄妹に苦手なことが一つあった。それは主治医のところから毎日父に注射に来る看護婦が、生まれつき虚弱体質だった兄妹にも注射をすることだった。注射がすむとおやつがもらえるので二人は我慢していたが、前日のあとがまだ痛むのに、また注射をされるのかと思うとぞっとして

「チコチャン、いややなあ」

というと

「うん」

と妹も真剣なまなざしで兄を見上げた。これで二人の気持ちは一致し、白衣の人がやってくるとすぐ裏口から下駄も履かずに逃げ出した。あとは一目散、あの小川のところまで来

たが、そこから先は一人で行ったことがないのでこわくなって引き返し、いつも石投げをして遊ぶ野原に出た。そこで家の方を見ると、母と「チクチクのオバチャン」がやって来るではないか。あわてて妹の手を引き夢中で逃げた。走りに走ってふと気がつくと、両側が高い塀の袋小路にまぎれ込んでいた。今まで来たこともないところで、あたりは静まりかえっていた。急に心細さが胸にひろがり涙があふれてきた。それを見て妹は大声で泣き始めた。私もつられて大きな声で泣いた。

間もなく母と看護婦が二人を見つけた。二人はその日やっと注射を免れた。

ある日、父が何十枚ものはがきを書いたことがあった。父は一枚書くごとにポストに入れて来るよう言いつけた。往来する私と妹は何度も道の途中ですれ違った。ポストまで駆けて行って帰って来ると、もう次のはがきが出来あがっているので、父が手品でもしているように見えた。

これは父が正式に会社をやめて、各地に退社挨拶を出していたのだった。父は若いころ極東のスポーツ大会のテニス日本代表になったが、入社後仕事が忙しくなって、当時のオリンピック日本代表の人見絹枝さん同様、急に競技をやめて肺結核にかかり、休職期間が切れたのがこの日だったのだ。

(4)

野原にコスモスや菊が咲き乱れて、その香りのただよう秋となった。私は一人、野原の東端にある松の木をめがけ、石を投げて遊んでいた。この松の木までやっと石がとどくようになっていた。

そこへ近所のおばさんが息せき切ってやって来て、すぐに家へ帰るようにと言った。すぐさま走って帰ると、近所の人が二、三人いて家の中がざわざわしており、何かしら変った空気があった。座敷に入ると、妹が北枕に寝かされていた。妹の唇が紫色になっていた。その傍らには父と母が沈痛な面持ちで妹の顔をのぞき込んでいた。

私はおそろしくなって座敷から駆け出した。玄関におりると、近所のおばさんが追いかけて来て何か言ったが、耳に入らなかった。

妹はその日、突然ひきつけを起こしたのだった。医者とあの「チクチクのオバチャン」が駆けつけた時にはもう間に合わなかった。あと一ヵ月に迫っていた四回目の誕生日を迎

「兄ちゃんと仲良しよ」とからだを寄せるチコチャン

えることなく、あっけなく死んでしまった。その夜は近所の家のお世話になった。私には死ということがまだわかっていなかったので、妹がどうなるのかわからないままだった。

翌日家に帰ってみると、大勢の人が出たり入ったりしていた。座敷の中央には白い棺が置いてあって、その上に妹の、からだをやや斜めにして笑っている写真や、コスモスや菊がいっぱいに飾られていた。その写真には見覚えがあった。その夏、私の五回目の誕生日に、写真屋で妹と二人並んで記念撮影したものだった。妹は何度注意されても私の方にからだを寄せて

「兄ちゃんと仲良しよ」

と言ってきかないので、写真屋はやむなくそのまま撮ってしまった。その写真の妹の部分だけ大きく引き伸ばされて、今棺の上に置かれていた。

父が退社して以来来客がほとんどなかっただけに、私は大勢の人が来ているのをむしろよろこんだ。しかし妹の棺がいよいよ霊柩車に乗せられて

「チコチャンは死んだのやで。もうきょうからいないのやで」

と近所のおばさんに言われると、急に悲しくなって涙があふれ出た。

(5)

妹のにぎやかな声のなくなった家の中は火が消えたようだった。父は頭を丸坊主にして、漢字ばかり詰まった長い経文を黙って読んでいた。座ることすら滅多になくなって、大小便も寝たまま取るようになった。

母はほとんどものを言わなくなって台所の仕事をしていた。妹とよく取り合いをした三輪車も独り占めできることになったが、そうなるとかえってはりあいがなく

「チコチャンはもう帰って来ないのかな」

と思いながら、あの小川や野原へ行ってみた。

その年も過ぎて春がやってきた。あちこちの庭にうぐいすが鳴くようになった。四月になると幼稚園に通い始めた。小川を渡って、かつて父が出勤した道を行くと芦屋川に出た。松並木のつづく川岸を上がってゆくと電車のガードがあり、その下をなお歩くと広い国道に出た。ポールをゆらせて市街電車が走っていた。その地下をくぐり抜けると今度は汽車が走っており、しかも汽車は芦屋川の下を走っていたのでいつも見下ろせた。幼稚園はそこにあった。今までの世界からみると、まるで外国のように遠いところだった。

野原のむこうにフミエチャンとシンイッチャンが住んでおり、たがいに誘い合って通園した。三人はいつも手をつないでいたので、一人が道のどちらかに寄るとほかの二人も引きずられ、まるで群れをなす伝書鳩のようだった。フミエチャンは活発な性格で、その日習った遊戯を踊りながら帰り道を行くので、ほかの通行人に恥ずかしくてたまらず、何とかやめさせようと苦心した。シンイッチャンは二人より年下だったのでおとなしくついてきた。

先年大風水害が襲ったとき、この川はめちゃめちゃに崩れたので川岸の内側に石垣を築いて堤防をつくっていた。三人はその工事が珍しくて、橋の欄干にもたれながらよく見守った。

父は私の通園をたいそうよろこんだ。幼稚園から帰ると、その日の様子をいろいろと報告させられた。新しい歌を習うと歌わされた。父はそれを熱心にノートし、旋律も覚えようと努めた。

このころ戦争は次第に不利になりつつあった。私は新聞の中にガダルカナル島、ナウル島といったカタカナを見出し、併せて載せてある地図とともに、何のことかとよく父にきいた。父は日本軍の勇ましいことと、強いことを説き、前線に行っている二人の弟、私にとっては叔父にあててしばしば手紙を書かせた。

ある日、父の枕もとのラジオから「海ゆかば」の荘重な旋律が流れ始めた。戦果のあったときは軍艦マーチ、悲報の際は「海ゆかば」と決まっていたので、父は寝間着の襟をかき合わせて厳粛な面持ちになった。アラスカのダッチハーバーまで攻めていた日本軍は後退しアッツ島で玉砕した矢先だけに

「また玉砕か」

とつぶやいた。しかしラジオが報じたのは山本五十六元帥の戦死だった。それはもう一ヵ

月も伏せられていた報道で、前線視察にむかっていた元帥機がブーゲンビル島上空で撃ち落されたのだった。父は落胆した。日本軍の衰勢を痛切に感じたようだった。

(6)

私はぼつぼつ近所の子供仲間に入って遊ぶようになった。村川君という国民学校（現在の小学校）五年生がリーダーだった。五年生というと、小さい私には大人のように見えた。事実彼はなかなか落ち着いてしっかりしていた。けんかをして泣いている子にむかって「こら、女はいくら泣いてもええが、大和男子はな、一生に三度、生まれたとき、お父さん、お母さんが死んだとき以外は泣いたらいかんのじゃ」と説教した。

村川君らに連れられて、電車の通っている土手や池のほとりによく行った。このあたりには変った草花がいろいろあって、子供たちにとっては「宝の山」だった。

秋も半ばのころだった。土手の傍らにある変電所の屋根では矢車がくるくると音をたててまわっており、建物の壁には夕日がまぶしく反射していた。父をよろこばせようとして変電所のまわりの草や花をたくさん摘み、日が六甲山のかなたに沈むと、村川君らと帰途についた。

家に着いたころ、あたりはすっかり暗くなっていた。一歩中に入ると、いつも電灯のともっている台所が真っ暗なのでどきんとして足がすくんだ。そっと戸をあけて家に上がると、やはりどこにも電気はついておらず、奥の六畳の部屋に来ると、暗い中で母が布団にくるまっているのが見えた。言いようのない不安に襲われて父の病室へ行くと、父も目をつむったまま動かなかった。

母の部屋に引き返して

「お母ちゃん」

と呼んでみた。母はかすかに動いたが、顔を見せてくれなかった。

(7)

その翌日から近所の祖父母の家にあずけられた。以後長い間自宅へ行くのを止められた。

幼い私にはどういうわけかわからなかったが、母がいつもと様子が違うことに大きな不安を持った。

　私の頭には、あの変電所の夕映えの明るさと家の中の暗さとが対照的に刻み込まれた。両親のもとを初めて離れて「他人の家」に来たので、その中にとけ込めなかった。祖父は孫の私をいとおしく思っていたはずだが、当時はそんなことはわからず、いつも書斎に閉じこもって本ばかり読んでいるかたくるしい人に見えた。祖母も後年仏のようなやさしいおばあさんになったが、このころはまだ五十代半ばと若く、私の姿を見ると菓子を隠したりしてあまりかわいがってくれなかった。

　おやつは出ず、夜は大きな部屋に一人寝かされたので、毎晩おそろしい夢を見た。ばけものに追いかけられたり、食われそうになったり、大きな防火用水の水槽に溺れそうになったりした。私はそんな夢のことは一言も口にしなかったが、興奮のあまり毎晩のように寝小便をした。叱られるのをおそれて、翌朝は夜着をそのまま押入れの中にしまった。夜は濡れたままの夜着をまた身につけた。

　幼稚園もおもしろくなかった。砂場やぶらんこ、鉄棒などは大きく強そうな子に占領されていた。弁当のあった日、その日にかぎって手を洗いに行かなかったところ、思いがけ

ず先生が
「さあ、みなさん。お手々がどれくらいきれいになったかみてあげましょう。みんなお手々を挙げてごらんなさい」
と言った。
「はーい」
とみんな一斉に手を挙げたが、つい気おくれがして、挙げおくれた。先生は目ざとく見つけて
「まあ、ケンくんは汚いですねえ。それではお弁当は食べられませんよ」
と私の方を見て笑った。みんな一斉に笑った。恥ずかしくていたたまれない気持ちだった。

私は剣道がいやでいやでたまらなかった。毎週講堂に全園児が集められ木刀を持たされ剣道を教えられた。講堂の壁にはルーズヴェルトとチャーチルのまんがが貼ってあって、その下には「ウチテシヤマン、カツマデハ」と書いてあった。何のことかわからなかったが、それを目標に型を揃える。全園児百二十人がまず平伏させられた。あまり長いので、もうよかろうと思って顔をあげると、ほかの児はまだみんなひれ伏しているので、あわて

てまた平伏した。そして顔をあげてみると、とっくにみんな顔をあげてしまっている。今度は木刀の持ち方を教えられるが他の児と揃わない。

剣道が終ると

「ケンくん、もっと上手にならないといけません」

と叱られた。それでますますいやになった。

一ヵ月ほどして家へ行くことを許された。しかし家では父も母も寝たきりだった。母も父と同じ病気になっていた。看病に来る人もいないので、母は三十九度の高熱を押し、食事拵えなどをしていた。

そんな母の苦労も知らず、幼稚園から帰るとすぐおやつをもらいに行った。ただ家の暗い空気に、どこへも行きどころのないやるせなさを感じた。

おやつをもらって外へ出ても、「肉弾」のような激しい遊びは父や母に止められていたので、どうしても遊び仲間とは疎遠になった。一人ぽつねんとして、元気に飛び回っている友達を眺めていることが多かった。たまに

「ケン坊、入れてやろうか」

と「かくれんぼ」に入れてもらっても、へまばかりするので愛想をつかされた。

この世界はけんかの強いことが絶対条件で
「お前、学校で何番や？」

と言われても学業のことではなく、けんかの強さの序列だった。

この世界で致命的だったのは、父が彼らに姿を見せないことだった。彼らは父親の年齢、風貌などによっても自分たちの地位をかためていたので、私は全く威力がなかった。いじめられやすい存在だった。毎日のようにくやしい思いを残して、夜はまた祖父母の家に帰って行った。

(8)

春になって、例年通りあちこちの庭でうぐいすが鳴くようになると、私はたまらなく家に帰りたくなった。薬品もなければその日の食料にもこと欠く毎日で、父は痩せ衰える一方だったし、母も快方には向かっていなかったが少しは動けるようになっていた。父と母は私がしきりとせがむのに負けて、かつて妹と一家団欒を楽しんだ茶の間でひたいを寄せて相談していたが、ついに私を家に戻すことにした。私のよろこびとは対照的に父と母が暗い顔をしていたのが心にかげを落した。

半年ぶりに家に帰り、母と一緒に食事をするようになった。父の病室に入ることは許されなかった。今まで祖父母の家の米穀通帳に載せられていた私の名が、父や母と同じ通帳に移されたのを見てうれしくてたまらなかった。

四月になって、国民学校に入学することになった。入学式の前の日、父は衰えきったからだをひきずりながら外へ出てきて
「村川君、あすから頼みますよ」

と言った。

「はい」

と村川君はいつになくかしこまって答えた。私には大人のようだった村川君が小さくなっているので、いつもの劣等感がふっと消えて、一瞬優越感のようなものがかすめた。しかし父が遊び仲間に姿を見せたのはこれが最初で最後になり、歩くことは以後なかった。

村川君は六年生になって地区の班長になった。国民学校では集団訓練を重んじ、各地区ごとに班長を定め、その引率のもとに地区の全児童が二列縦隊になって登校した。私も最

後列について学校へ行った。学校は幼稚園とは全く違い、大きな校舎と広い運動場があり、しかも村川君のような大きな上級生がいくらでもいるので、おそろしくて落ち着けなかった。

担任は木村先生という若い女性で、私のからだが弱いことを知り何かにつけてかばってくれた。今までいじめられるのをきらって、家に閉じこもっては絵本やまんがに親しんでいたのでアイウエオからワヰウヱヲまで全部書けたし、算数も速度こそ遅かったが計算は間違わなかったので先生はよくほめてくれた。私ははじめて心のよりどころを見つけた。

先生の行くところへはどこへでも行きたかった。毎月一回山へ遠足する日があったが、父と母からかたく止められていたにもかかわらず内緒でついて行った。藪や雑木林の中をゆくと山の中腹に古ぼけた寺があって、そこで弁当をひらいた。私はいつも木村先生のそばに座った。

家に帰ると

「こんなおそくまでどこへ行っていたの？」

と母に尋ねられた。

「兵隊さんの体操見てたの」

〈遠足に行けなかった日の作文〉

一ノホ　タカマツケン

イヘデアソンダコト

四アサッテエンソクデ（スカラ）　マダガクカウヘイキタテデ、
オイシヤサマニイッテモイイカキキニイキマシタ、
オイシヤサマハ　マダイキタテデ、イッタライキ（ケ）マセン
トオッシヤイマシタ　エンソクノ日ニキマシタ、エンソクノ
カハリニ、オカアチャンニソノ日ゴチソウヲコシラヘテ
モラヒマシタ、ソノ日ノマヘボクハトモダチトイッシヨニ
ハマデイケヲツクリマシタ、ヒルカラミンナガガクカウカラカイテカラ
ボクハヒカウキヲトバシテアソビマシタ、ソレカラダンダント
クラクナッテキマシタ、バンゴハンノトキボクハパンガスキデ、
パンヲハンブンタベテシマイマシタ。

昭和十九年十月　国民学校一年生

と答えた。

最近家の近くの大邸宅に大勢の兵隊がやって来て、前にあった梅林を切りひらき高射砲を据えた情景を思い出し、母にうそをついたのだった。

しかし山まで行くとすっかり疲れて熱を出し、何日も学校を休み、私はしきりに咳をするようになった。母は毎週二回私を病院へ連れて行った。私もまた肺をむしばまれつつあった。学校は欠席する日の方が多くなった。たまに登校した日が遠足日であっても木村先生は私を連れて行かなかった。

母は私のうそをちゃんと知っていて、先生に連絡したのだった。

一学期が終ると、はじめての通知表をもらった。細長いその紙には項目が二十ほどあって優、良、可と三段階の評価欄があり、私はすべて「優」のところに丸がついていた。帰り道、村川君がこれを見て

「凄いなあ、ケン坊は」

と驚いた。私はすっかり得意になって家に帰った。父と母もとてもよろこんでそれを仏壇に供えた。

(9)

二学期になると、休学届が出されて学校へ行かなくなった。午前中は遊び仲間が学校へ行っているので、家の中で本を読んだり、今は食料補給のため野菜畑になってしまったかつての野原へ行ったりした。午後は昼寝を命じられていやいやながらも横になった。三時には必ず三十七度五分ほどの熱が出た。父や母を安心させようとしてこっそり体温計を振り、三十六度七分くらいに下げたこともあった。

米の配給がだんだん減っていったため、ひもじい思いをして薬のエビオスを二十錠ものんだことがあった。

父は毎晩私を病室に呼び入れた。父に近づくことは許されず足もとに座らされた。楠木正成、正行、毛利元就、赤穂四十七士などの話から神武天皇などの神話、源平盛衰記などをおもしろく話してくれた。わら人形をつくって防戦する楠木正成、四条畷で戦う正行、一の谷を駆けおりる義経の勇ましい姿を想像した。父は毎日毎日新しい話を持ち出して退屈させなかった。

父はまた学校の教科書を書き写すよう命じた。国語、算数、修身、そのほかあらゆる教科書を、白い紙を綴じたノートに写した。縦の行はもちろん、横も字を揃えないと叱られた。

夜の八時からはラジオが「前線へ送る夕べ」を放送した。パイプオルガンのさわやかな音にのって、ハイケンスのセレナードがテーマ音楽となって流れ、好きな曲になった。このころの音楽番組というと、米英仏の曲は敵国だというので一切放送されず、専らドイツの曲に限られていた。ベートーヴェンという名を覚えたのもこのころだった。

父は地図と新聞を持って戦況を説明してくれた。日本軍は押しまくられ、ニューブリテン島、グアム島、サイパン島と次々に攻略されていた。ニューブリテン島が日本にそっくりの形をしているのが興味を惹いた。その首都ラバウルはなかなか落ちず、「前線へ送る夕べ」でも「ラバウル航空隊」という歌を放送して励ましていた。

西方ではインド国境まで攻めていた日本軍はインパールから後退し、このころの新聞にはビルマのイラワジ河、マンダレーあたりが最前線として報道されていた。マッカーサー元帥の指揮するアメリカ軍はフィリピンのミンダナオ島、レイテ島に上陸し、たちまち要所要所が陥落していった。

しかし毎日の大本営発表では大戦果に次ぐ大戦果で、それらの数を克明に記録しながらこれだけの飛行機を落したり軍艦を沈めたりしてなぜ日本軍は後退してくるのだろうとふしぎだった。でもそのうちきっと攻め返すだろうと信じて疑わず、「いざ来い、ニミッツ、マッカーサー、出て来りゃ地獄へ逆落し」という軍歌を一生懸命歌った。ヨーロッパではフランスの大半、ポーランド、ソ連を席捲していたドイツ軍が、スターリングラードで敗れて以来後退に次ぐ後退で、オーデル河まで赤軍に攻められ、要都ステッチンも陥落し、新聞の地図に見るドイツはみるみる小さくなっていった。

何よりも地図が好きだった私は父の説明を熱心に聞いた。父は話し疲れると、電気スタンドの光を受けて、壁に手で狐の頭の影を作って見せ、私をよろこばせた。

(10)

夕方六時からラジオで「少国民の時間」という放送があった。ある日

「今晩は良い放送があるから早く帰ってこいよ」

と言われておりながらすっかり忘れて外で遊んでいたが、ふと気がつくともう真っ暗で、

六時はとっくに過ぎていた。これは大変なことをしたと思っておそるおそる帰ってくると、母がにこりともせず
「怒ってはるよ。すみませんでしたと謝ってらっしゃい」

と言った。とてもそんな勇気はなくもじもじしていると、母は
「行ってらっしゃい」

と強く促した。

　仕方なく立ち上がって、父の病室の前まできたが、こういう躾については厳しい父だけに、恐ろしくて襖があけられず、しばらくはそれに手をかけたままためらっていた。やや時を過ごしてついに意を決し、すーっとあけて
「すみませんでした」

と口早に言うと、父の顔を見ないで隣の座敷へ飛び込んだ。勉強机の前に座るととめどなく涙が流れた。後悔の念でいっぱいになった。

　すると意外にも父のやさしい声が聞えてきた。

「そう、それでいいんだ。ケン坊はえらくなったぞ。謝ることのできる人間になれたんだ」

と。

(11)

年が明けて昭和二十年の三学期、ふたたび学校へ行き始めた。懐かしい木村先生と同級生。しかし半年も見ない間にみんな近寄りがたい人のように思えた。最初の国語の時間に、木村先生はみんなに五十音を横に暗誦させた。「アイウエオ…」は覚えていたが、「アカサタナ、ハマヤラワ…」は思いもよらぬ読み方だった。自分の方に順番が近づいてくるので、ほかの者のいうこの読み方を覚えようと必死になって耳をすませた。そしてあてられたとき「アカサタナ」までは言えたが、あとはどうしても出てこなかった。思わず赤くなってうつむくと

「ケン君は休んでいたから仕方がないね。でもしっかり覚えてくるのよ」

と先生は言った。一学期にはこんな失敗はなかっただけに、同級生との距離をますます感じた。

また私が驚いたのは、校門の両脇に六年生が二人歩哨に立っていることだった。この二人は絶対的な権力を持っていて、たまたま私の前を行く班の中に、校門を入った中央の奉

安殿を拝まなかった者がいたために、血相変えてその子を殴りつけた。殴られた生徒は鼻血を出してその場に倒れたが、歩哨はなおも殴りつけたので私はふるえあがってしまった。

学校はなんとなくおそろしいところになってきた。しかもマリアナ群島を飛び立ったB29やP38、航空母艦から飛び立ったグラマンなどが毎日のように襲来し、授業どころではなかった。登校したと思ったら警戒警報のサイレンが鳴る。すぐさま授業は中止となり、みんな防空頭巾をかぶって家へ駆け出した。家の近い者はよいが、私のように遠い者は帰途半ばにして空襲警報のけたたましいサイレンの鳴ることが多かった。あっという間にキーンという戦闘機の鋭い金属音、B29の重々しい爆音などが入り乱れて聞えてきた。道の中央を走ると、身の軽いP38やグラマンが急降下してきて機銃掃射するので、家々の軒先

〈空襲の日の作文〉

一ノホ　タカマツ　ケン

クウシユウニナツタトキ

オトツイガクカウカラカイリヨツテキュウコクドウノ
ハンシンデンシヤノフカエノエキノマツスグオリテキタトコデ
ムカウノ方カラ小サイコエデサイレンガナツテキテ
ボクハキセンカトオモヒマシタ。ソシタラ大キナオトデ
コンドハホンマノサイレンガナツテ來マシタ、サイレンガツヅケサマニ
ナリヒビイテキマシタ。ケイカイケイホウガナツテヰマスト
ソノサイレンニツヅイテコンドハクウシユウケイホウニナリマシタ、
モウソノトキ　ヤマハチサンノ前マデキテヰマシタ、ボクハビツクリシテ、
フクダサントボクト手ヲツナイデハシッテイキマシタ。
トウトウウチヘツキマシタ、ソシテ急イデバウクウヅキンヲキマシタ、
ソシテナガズボンヲハキマシタチヨウドソノトキ雨ガフツテヰマシタ。
ニハエデテクスリヤタベモノヲハコビマシタ。ソレガスムトニハノヤネノ下デ
ヒカウキガトンデイクトコヲミテヰマスト　ラジオヲキイテヰマスト
クレチンヂュフカンク（呉鎮守府管区）クレチンヂュフカンクトユフテヰマシタ。

昭和二十年三月、国民学校一年生

を伝って死にものぐるいで走った。

やっとの思いで家に着くと、庭に申し訳程度に掘られた防空壕の中で母が待っていた、その中に飛び込むと、ヒュルヒュルヒュルと薄気味悪い音を立てて爆弾が落ちてきた。次の瞬間、ズシーンと腹の底まで響く音がして、あたりは地震のようにゆれた。塀が大きく傾いて波を打つ。バラバラッと防空壕の中に砂がふりかかってきた。やれやれと思う間もなく、次の爆弾がまた落ちてくる。近所には直接落ちなかったが、学校の前にあった航空機工場が第一目標になり、二百五十キロ爆弾、時には一トン爆弾が集中投下された。

飛行機の爆音、爆弾が炸裂する音、近くの高射砲が打ち出す音などごうごうたる空襲がいつ終るあてもなく、母と私は防空壕の中で不安なときを過ごした。父はすでに身動きできなくなっていたので、病室で目をつむって一人端然としていた。覚悟しているようだった。

空襲警報解除のサイレンが鳴ると、私たちはほっとして出てきた。しかし次は自分の頭上に落ちてくるかも知れないという恐怖感はなかなか拭い去れなかった。

翌日、学校に来てみると、校舎は直撃弾を五、六発受けてめちゃめちゃになっており、運動場には大きな穴があいていた。航空機工場からはおびただしい遺体が運び出され、近くの寺などが臨時収容所になった。私は父の代理として、近所の人たちとともにこれらの収容所を見舞った。焼香をして中に入ると、手や足のない遺体がむしろをかけられただけで見渡すかぎり並んでいた。

(12)

空襲が激しくなると、児童はあちこちへ集団疎開し始めた。幼稚園時代のフミエチャンもシンイッチャンも近所の遊び友達も疎開していった。児童だけでなく、一家もろとも疎開する家もあった。私は親もとを離れて暮らせるようなからだではなかったので残ることになった。わが家としても疎開するような先はなく、しかも重病の父がいてはそんなことのできようはずもなく、爆弾を受ければそれまでと覚悟は決めていた。

アメリカ軍はいよいよ本土に近づいて、岩手県の釜石に初の艦砲射撃を浴びせてきた。艦砲射撃の威力は爆弾の千倍だと聞かされてたまげた。あのおそろしい爆弾の千倍なんてとても想像できなかった。しかしわが家は大阪湾の奥にあるからまさかこんなところまでアメリカの軍艦は入ってこないだろうと勝手に考えていた。

硫黄島が落ち沖縄も取られて、次は本土決戦としきりに叫ばれた。父はある晩、私に「敵が攻めて来たら、お前切腹するか」と真剣な顔つきで問うた。腹を切るなんて痛いだろうと思ったが、父に対してそんなことはとても言えないので
「うん」
とうなずいた。父は
「よし」
とうなずいて満足そうだった。
学校では残った校舎で授業を行い、私は二年生になったが、一定のクラスはなく、残留児童の数によってしょっちゅう組替えがあった。木村先生も疎開していなくなっていた。担任の先生や同級生がたえず変わるので名前もわからず親しみがわかなかった。毎日の空襲で授業はほとんどなくなってしまった。

(13)

米は滅多に配給されることなく、大豆や高粱《こうりゃん》、とうもろこし、時にはたばこがこれに代わった。それものちには遅配、欠配が相次いだ。肉や卵、魚はすでに長らく見たことはなく、野菜も高いヤミ値でこっそり出回っている程度だった。米は私たち三人家族に対して一日一合の割合だった。一合の米をうすい粥にして、父と母と私が分けて食べた。副食はほとんどなく、さつまいもの葉や南瓜の葉までおいしいと思って食べた。人一倍栄養を必要とする父なのに、自分自身はとうもろこしの炒ったものを食べ、米は少しでも多く私に食べさせようとした。父は骸骨のように痩せ細っていった。

私は

「お父ちゃんを早く元気にしてください」

と毎朝仏壇に祈った。そこには妹がからだを斜めにして笑っているあの写真が置いてあり、妹にも心から掌を合わせた。

食べ物を少しでも補うために、どの家も庭にはさつまいも、塀の外側の道路には南瓜を栽培した。ところがこの南瓜が塀を伝って成長し、やっとおいしそうになると盗む者がいた。長いことかかってようやく食べられるようになったと思ったら消えてしまうのだから人々の憤激を買い、近所中協力して現場を押さえようとしたが犯人はわからなかった。ただ、わが家の隣に日ごろ全く人づきあいしない老婆が住んでおり、この人の通ったあとは必ず被害があるので、ひそかに「B29」と呼ばれ、濃い疑いをかけられていた。

盗まれないうちにとまだ熟していない南瓜をもぎ取り、水っぽくまずく食べなければならなかったが、あるとき、蔓の一部が塀の中の松の木にからまり、その頂きに実を結びつつあった。塀の中だから今度はまさか盗まれないだろうと安心し、ちょうど父の寝ているところからも見えていたので、父もその大きくなるのを楽しみにしていた。

だが朝日が覚めて頂きを見上げると、南瓜は影も形もなくなっていた。夜の間にやられたのだ。私からも父からも楽しみを奪った盗人の心ないしわざには言いようのない憤りを感じた。

(14)

空襲は朝晩二回になってきた。夜、ぐっすり眠っているところを母に揺り起こされた。灯火管制のためあたりは真っ暗だった。空襲警報のサイレンが何度も鳴っていた。ラジオが

「近畿軍管地区情報、敵機約三百五十機がただ今播磨灘を東進中」

とくり返し叫んでいた。

私は眠いのをこらえて母と外へ出た。近所の人たちも道路に出、手に手に火たたきだの砂袋だのを持っていた。焼夷弾がバラバラと落ちてきた。落ちるや火を噴いて燃えひろがった。すぐに火たたきでこれをたたき消した。だれもが必死だった。幸いまだどこの家も燃えてはいなかった。

B29からは閃光弾がしばしば投下された。これが落されると、あたりは一瞬白昼のような明るさとなり、家や樹木の姿がくっきりと照らし出された。すかさずそこへ爆弾や焼夷弾が次々に投下された。近くの高射砲もいんいんたる発射音をとどろかせていたが、一万

メートルもの高空を成層圏飛行するB29に届くはずがなかった。高射砲の弾丸はせいぜい五、六千メートルのところで爆発しているのが見えた。

爆撃がちょっと小止みになったとき、美しい星空に飛行機雲の白く伸びているのが目に映った。母の膝の上で私はうとうととした。うつらとしたらまた起こされた。閃光弾、爆弾、焼夷弾、さらには激しい空中戦の音があたりにみちみちていた。一瞬ぱっと明るくなって飛行機が撃墜された。

「わあ、落ちた落ちた」

とよろこんだが、落ちるのは大概日本機の方だった。

航空機工場が目標なので、この住宅街には焼夷弾がそんなに多くは落ちてこなかったが、外れだまがかたまって降ってきた。

「お父ちゃんはどうしてるかな」

とふと思ったが、母は焼夷弾をたたき消すのに追われ、家の中に入る余裕がなかった。

間もなく航空機工場一帯は大火事になり、赤い焔と黒い煙がもうもうと空に昇っていった。晴れていた空はたちまち真っ黒におおわれ、黒い雨が降ってきた。焦げた木片や紙切れがまじっていた。アメリカ軍の降伏勧告状も降ってきた。日本語と英語の両方が書いてあったが、決して見てはならないものだった。

明け方近くになってようやく空襲警報は解除された。やっと家に入って布団に入ることができた。夜が明けるとまた空襲警報が鳴って、今度は主にグラマンなどの戦闘機がやってきた。時には独特の尾翼を持ったコンソリデイテッドB24が偵察に飛んできた。私たちはまた防空壕に入ったが、爆撃のないときは気が楽で、これらの敵機を見送っていた。

学校に来てみると、校舎はほとんど残っていなかった。直撃弾を受けた職員室のあたりに来ると、一階から三階を透して空が見えた。近くには人の骨が散らばって幽霊が出るというううわさがあり、私たちは近寄らなかった。

一時間目でも二時間目でも空襲警報が鳴って家に帰ると、そのまま登校しなくてよかったので、勢い近所の仲間と遊ぶことが多かった。その仲間も五、六人に減っていたが、相変わらず村川君がリーダーだった。彼は国民学校高等科一年になっていた。

(15)

夏も盛りのころ、中国の前線へ行っていた父の弟が日本刀を腰にし、堂々たる将校姿で

ひょっこり帰って来た。表門を入ると、木戸をくぐり抜けて庭へ回り、父の病室脇に現れる。父はびっくりしながら
「よう帰って来た」
とよろこんだ。二言三言話をかわしていたが、いきなり
「これを見てくれ」
と布団から足を出した。それは私も驚いたほど細く、まるで物干し竿のようだった。
「どうしたんだ」
と叔父はけげんな顔をした。日本内地の事情がわからないため、叔父には父の痩せ衰えた理由がすぐには合点できないようだった。
私もひどく痩せていたから、その夜一緒に風呂に入った叔父は
「洗濯板みたいな背中だ」
と驚いた。叔父はすぐまた日本刀を腰にさして、郷里の富山へ帰って行った。
その翌日、近所の人々が
「今度広島に新型爆弾が落ちたそうな。その爆弾は防空壕の中にいても助からないんだって」

「へーえ、どんな爆弾？」

「なんでも原子とやらを使うそうな。広島にはこれから七十年間草も木も生えんらしいよ」

とひそひそ話し合っていた。

間もなくソ連も日本に宣戦布告したと伝えられた。私はソ連の地図を見て、こんな大きな国が相手ではもう駄目だと思った。ドイツはとっくに降伏し、今や日本は孤軍奮闘だった。新型爆弾は長崎にも落ちた。次はこの辺に落ちるかも知れないと私は真剣におそれた。

玉音放送があるという日が来た。神武天皇、明治天皇、今上天皇はみんな神様だと教えられていたから、その神様の声が聞けるというのでびっくりした。隣の家は朝から風呂に入って身を清めていた。私の家はそこまではしなかったが、それでも正午になると、母はラジオの前に正座してこうべを垂れた。父も寝たまま目を閉じて厳粛な顔をしていた。

天皇陛下は何を言っているのかさっぱりわからなかった。ざらざらと雑音が多く不明瞭で
「やっぱり神様の声だな」

と思いながら聴いた。

放送がすむと、母は首をかしげながら台所へ立って行った。ところがその直後、アナウンサーが
「かくして太平洋戦争は終りました」
と言ったので、父はあわてて
「おい、おい」
と手を拍った。大きな声が出なくなっていた父は、用があると手をたたいて母を呼んでいた。手を拭きながらやってきた母に
「戦争は終った」
と言った。母はちょっと戸惑ったあと
「負けたの？」
ときいた。それは口にしてはならない言葉だった。しかし今はやむをえなかった。
「そうだろう…」
と父は憮然とした。病室には沈黙がつづいた。
「この先大日本帝国がどうなるか見たいものだ」
と父はつぶやいた。

(16)

その夜からぴたりと空襲がなくなった。時々B29が一機にぶい爆音を残して飛んでいる程度で、警戒警報も空襲警報も鳴らなかった。久しぶりに夜ぐっすりと眠った。負けたのはくやしかったけれども、空襲がなくなったよろこびはその何倍も大きかった。勝っても負けても戦争だけはもう二度と起こってほしくないと心から思った。

翌日、登校すると、年配の男の先生が

「戦争は終りました。でもみなさんは大日本帝国の少国民であることを忘れずがんばりましょう」

と訓示した。

焼け残った二階の教室から見ると、一面焼け野原だった。学校の横を走る阪神電車が四つも先の御影駅まで行くのがずっと見えていた。その間家らしい家は全くなく、ところどころにバラックやテントが見えるだけだった。この風景を写生して父に見せるとその焼け野原ぶりにひどく驚いていた。

青い星印をつけたアメリカの飛行機が堂々と飛来しはじめた。神奈川県厚木飛行場にマッカーサー元帥がおりたち、ただちに東京に入って日本占領が始まった。アメリカの兵隊は何をするかわからないと言われ、近所の人たち、とくに女子供は山の中や田舎へ逃げて行った。しかし私たち三人は今度もまた残留した。

父は急速に衰弱していった。目が見えなくなり、耳が聞えなくなってきた。大きな声で話しかけても聞えないことが多かった。蚊や蝿を払う元気も失せてきたので、日中も蚊帳を吊ったままだった。

(17)

庭の金木犀が黄色い花を一面につけて、その香りのただようころとなった。

九月のその夜、茶の間で私と母がいつものように食事をしていると、廊下をへだてた病室からは、父がうどんをすする音が聞えていた。私が熱い茶を持って行くと父は

「ありがとう、ケン坊」

と言った。

その夜もいつものように、父に
「おやすみ」

と言って、座敷の寝床に入った。

夜中、ふと目が覚めると、隣に寝ているはずの母がいない。そればかりか隣の病室がなんとなくざわざわしており、二、三人の人がいるようだった。うす暗い電灯の光が襖のすき間から洩れていた。私は何が起こっているのかわからないままふたたび眠りに落ちた。

翌朝、母は相変わらず横におらず、家の中が落ち着かない空気なので、どうしたのだろうと思って父の病室に近づくと、近所のおばさんがいて、近づくなと手で制した。私は不安でたまらず、家の中をあっちへ行ったりこっちへ行ったりした。

すると病室がちょっとあいて、中がちらりと見えた。そのとき見たものは、白衣の医者の膝に引き寄せられた父の顔だった。それは生きた人の顔ではなかった。その瞬間、私は息が止まりそうだった。父が死んだ、いやまさか…と思いめぐらせて、胸の動悸が激しく打ちつづけた。茶の間に座り込んだまま動くことができなかった。

母が父の病室から出てきた。そして私の姿を見るとその場に立ちつくし、急に私を激しく抱き寄せて

「お父ちゃん死にはった」

と言って泣いた。私もさっきからの不安が一瞬にして消え、一緒に泣いた。

「お父ちゃんはもういはらへんのやで」

と母は言った。私たちは長いこと泣いた。そして母は
「さ、いつまで泣いてても、お父ちゃんはよろこびはらへんで」

と言って立ち上がった。私は目の前が真っ暗になったようだった。


父は座敷に北枕で寝かされた。会社にいたころ父のもとで働いていた若い藤井さんが、何も知らずに朝早くやって来たが、父が死んだと聞いて立ちすくんだ。座敷に案内されて父の姿を見ると、ものに打たれたように手をついてひれ伏し、そのまま長い間動かなかった。

医者や近所の人々、さらに藤井さんが帰って行くと、家の中はひっそりした。茶の間にいると、母が
「お父ちゃんのところへ行ってあげなさい」
と言うので、座敷に来た。父の顔には白い布がのせてあり、両手は胸で組まれていた。

「お父ちゃん生き返らないかな」

とその胸を見つめていたが、全く動かなかった。

(18)

葬式の日、歴史に名を残した枕崎台風が襲来した。遠方からの人は来れず、極く近所の人だけの見送りを受けて、父を乗せたくるまは出て行った。

燃料が不足しているため火葬に数日もかかったあと、父は小さな白い木箱に納められて帰って来た。この中に父が入っているのかと信じられない思いだった。家はとうとう母と私の二人だけになってしまった。家の中は冷たく広くなったように感じられた。

母が仏壇の前に正座して経文をひろげている姿がよく見られた。母は経の読み方を知らなかったので、棒読みにしていた。小さく真剣な声だった。私もそのうしろに座り、黙って聴いていた。

何日か経って、初めて学校へ行った。戦災を免れた校門脇の大いちょうの葉がすっかり黄色くなって、さらさらと風に鳴っていた。自分の教室に来ると、あの懐かしい木村先生がいた。先生は疎開先から帰って来たのだった。先生は出席を取り始めたが、私の名を呼ぶと

「ケンくんはしばらくお休みでしたね。どうしたのですか」

と言ってこちらを見た。

私は立ち上がると前へ出て行った。先生に近づいたが、言葉が出てこなかった。やっと

「お父ちゃんが死んだのです」

と言ってしまうと、ふっと悲しみがこみ上げてきて、先生の顔が霞んだ。教室中の視線を感じ、涙を見られまいとじっとうつむいていた。

先生ははっとしたようだったが、しばらくして

「そう…、さびしいねケンくん」

とそれだけ言って、私の肩にやわらかく手を置いてくれた。私の目からは、大きな涙がはらはらと落ちていった。窓の外からは金木犀の匂いがかすかにただよっていた。

第二章　プロムナード 1

(1)

父が亡くなって、家の中はまるで空き家のような雰囲気になった。

十月、母の女学校時代の友人に招かれ、大阪府の河内狭山へ行った。今なら芦屋から二時間もあれば十分行ける距離だが当時は半日仕事だった。母とふたり、コスモスの咲く田舎道を歩いて行き、私と同い年くらいの女の子とそのおかあさんに歓迎された。これがあとにも先にも私たち母子のただ一度の旅になった。このとき母は三十歳、私は八歳だった。

十二月に入って、左下腹部から膿が流れ始めた。父の最期を看取ってくれた医者が往診してくれて

「これは脊椎カリエス（骨関節結核）かもしれない。とりあえず絶対安静を守ること」と言い残して行った。当時この病気は不治の病いといわれて治療の方策がなく、同病の正岡子規と同じく絶対安静の生活が始まった。父の長い看病を終えたとたんに、その父と全く同じ状態の私の看病をしなければならない母にとっては、希望のない毎日だったろうが、顔には出さずよく私を励ましたり笑わせたりした。

年が明けて昭和二十一年になると、ソ連を除く海外各地からの復員ラッシュが始まった。二月一日、母の上の弟が中国大陸から帰って来た。彼はすぐ私を担いで阪大病院へ連れて行ってくれた。ここで脊椎カリエスとの最終診断を受け、石膏でつくったギプスベッドにはめ込まれる絶対安静の生活が以後四年近くつづく。

二月十九日、あの謹厳実直を絵に描いたようだった祖父が脳溢血で急死した。息子との対面がかなったのは不幸中の幸いだった。しかし母の下の弟は三月に復員したので間に合わなかった。

六月、夜中わが家の名前を大声で呼びながら門をたたく者あり。当時治安が悪く、真夜

中、わが家の塀の外で
「きょうはどこへ入ろうか」
などとひそひそ相談する強盗の声が聞えてくることがあり、戦々兢々の毎日だった。門をたたく音がしつこいので、母があたりの様子をうかがいながら開けると、なんと父の下の弟が復員してきて立っていた。終戦直前に帰国した父の上の弟とちがいぼろぼろの兵隊服姿で、中国大陸での苦労話を語った。彼は数日間滞在し、郷里の富山へ帰って行った。

(2)

国民学校へは二年生の二学期を最後に行けなくなった。ラジオを聴くしか楽しみがなくなった。日本放送協会（ＮＨＫ）の第一放送しかなかったが、やがて第二放送、ＷＶＴＲ（進駐軍放送）が加わった。毎日、極東国際軍事裁判の実況中継があり、東条元首相の弁護人清瀬一郎の弁護ぶりが印象に残った。

そんな中で平川唯一先生の「カムカムエブリボディ」の英会話が始まった。母はわら半紙の粗末なテキストを買ってきた。これを聴いているとＷＶＴＲも少しわかるようになった。

ラジオの最大の楽しみは、昭和二十一年春から再開された職業野球（今でいうプロ野球）の実況中継だった。志村正順アナウンサーの実況が好きで、アナウンサーになりたいと思った。八チームからなる一リーグのころで、この年最下位だった中日を判官びいきで応援したところ、翌年二位になったものだから大喜びし、以後六十三年間熱烈な中日ファンになっている。

ラジオのもう一つの楽しみは、気象通報を聴くことだった。各地の天気と漁業気象を聴いて地図に書き込み、毎日の変化をたのしんだ。将来は気象台の技官になろうとも考えていた。昭和二十三年五月、礼文島で金環食があったときは、阪神間でも太陽が八割欠けたので、縁側に病床を移し、すすをつけたガラスでその変化を観察し書き留めていた。

退屈な毎日のうるおいの一つは、父の同僚だった深本春夫さんが毎月送ってくれた「銀河」「赤とんぼ」など良質の子供雑誌や、宮沢賢治の「どんぐりと山猫」などの本で、新刊本はほとんどなかった時代だから私にとっては宝物だった。

深本さんは家族とともに大連に住んでいたが、現地召集されたあと家族より早く復員してきたため一人暮らしで、大連に残してきた子供たちをしのびながら愛情を私にそそいでくれたのだと思う。

深本さんはのちに日本を代表する銀行の幹部になられた。

後年の深本春夫さん（左・筆者の高校時代）

このころの唯一の友達は、母の友人の子息で、一学年上の浜中浩一君だった。まだ妹が生きていたころ、ともに阪神パークなどへ行ったもので、兄弟のようによく往来し、私が発病してからは時々日曜日になると遊びに来てくれた。相変わらず仰向いたままダイヤモンドゲームやトランプに興じたり、ラジオの連続ドラマ「ものいうかしの木」の感想をかわしたりした。
その後彼は中学でブラスバンド

に入ってクラリネットを吹き始め、芸大にあって音楽コンクール第一位を取った。卒業後NHK交響楽団に入り長らく首席奏者を務めていた。

私は早く元気になりたいという願いを込めて、「元気新聞」なる手書きの新聞を毎月一日と十五日につくって近所へ回覧した。ラジオ、新聞、本などから得た知識や考えたことをタブロイド型四ページにまとめたもので、三年あまりつづいた。絶対安静なので仰向いたまま書いた文字だったが、のちに病気回復してから座って書く文字よりもきれいだった。

(3)

世間と同じくわが家もたけのこ生活だった。母は業者を呼んでは家具や衣類を次々に売り、家の中から見なれたたんすやテーブルがどんどん消えていった。最もショックだったのは手巻き蓄音機がなくなったことだった。この蓄音機で、映画「会議は踊る」の中でリリアン・ハーヴェイが歌っていた「ただ一度だけ」ほかの大好きなレコードを聴くことができなくなってしまった。母はさすがに私に気を使って、私の眠っている間に売りに行ったのでしばらく蓄音機のないことに気がつかなかった。

母は下の弟が大阪駅前の焼け跡で下駄屋をしていたので、その手伝いを始めた。売り先はほとんど女学校時代の友人や近所の人たちだった。私は病床の中で母が帰ってくるのをひたすら待っていた。母が数軒先まで近づいてくるとその足音でわかった。

母は結核が治り切っていなかったので、重い下駄を持つことができなくなり、活字のような字体を書いて文章を作成する筆耕に商売変えした。零細な印刷屋に出入りし、学校や役所の文書の原稿をもらってきて一生懸命筆耕字体で書いていた。この窮状を見かねた女学校時代の友人約五十人がカネを出し合って毎月送ってくれた。それぞれのご主人はのちにみな各界の重鎮になった方々ばかりだったので、経済的にこのようなことができたのだろうが、それにしても何年もつづいた彼女らの友情に母はいつも感謝の気持ちを述べていた。窮状を脱してからも、母はこの友人たちを大切にし、親密なつきあいをつづけていた。

後年、母が七十三歳になった秋、この人たちとのクラス会を楽しんだ翌朝、急性心不全を起こして急死した。葬儀の日、この人たちは一人残らず駆けつけてくれ、全員で校歌を歌って出棺を見送ってくれた。

息子の私としては少しでも感謝の念を表したいと考え、翌年この方々をお招きして一周忌を行なった。母にとって友達は何ものにも換えがたい宝物だった。

(4)

病床生活の約四年が過ぎて、昭和二十五年春、左下腹部から流れ出ていた膿が止まり、往診してくれていた医者によって通学することを認められた。すでに中学一年の年齢に達していたが、長らく勉学から遠ざかって掛け算の九九すら言えないので、一年遅れて小学校六年に入ることにした。五年生までの教科書を買ってきて、入学前の三ヵ月、母は必死になって教えてくれた。お陰で四月までになんとか六年生のレベルに追いついた。

久しぶりに学校へ来て驚いたことに、先生たちは東大入学率で有名な灘中へ一人でも多く入学させることを最大の目標にしていた。灘中進学希望者の三人と神戸女学院希望者の二人をA、そのほかの私立中学希望者をB、公立中学進学予定者をCに分け、一年間に約五十回全教科の試験をしてその得点をA、B、Cに応じてハンディをつけ、中から下の成績をとる生徒は落伍するにまかせた。

今までのんびりしていた私はたまげた。公立中学進学予定者だった私はこの差別に憤慨し、公立中学進学予定者に放課後の補習も受けさせないのを見て生来の負けず嫌いがむらむらと起こり、灘中へ行く三人に絶対負けないように勉強した。彼らが補習を受けているころ母の内職を手伝い、夜は一時ごろまで机にむかっていた。

学校の雰囲気を味わいたかったが、最初の時間に「朧（おぼろ）月夜」を歌っただけで音楽の時間も進学勉強の時間に変わった。

(5)

翌年三月の卒業式の日、ふたたび左下腹部から膿が流れ始め、カリエスが再発した。今度は病院で治療することになり、隣町西宮の病院に入院した。母は毎朝私の大便の世話をしに来てくれた。小便や食事は看護婦が世話してくれた。

灘中へ進んだ三人は以後六年間にわたってかわるがわる見舞ってくれた。小学校のときはライバルだったが、その後は無二の親友となった。手紙のやり取りも頻繁で、三人はそれぞれ愉快なまんがやスポーツ、小説、哲学論などを書いて送ってきた。公立中学へ行った親友奥野匡宥君もしばしば見舞いに来てくれた。彼はのちに千例を超えるほどのがん手術を手がける名医となった。

翌年の春、膿が止まり歩行許可が出た。それと同時にそれまでの大人部屋から四人収容の子供部屋に移った。小児科医長の黒田先生は母の友人の夫君で、私を小児科に入れておく方が都合がいいと言ってくれたからだ。この先生はいつもにこにこしていて子供に好かれ、患者を実の子供のようにかわいがっていた。私の病状が悪いときは必死になって外科医長と相談しては最善の処置をしてくれた。

病院内を歩くことは認められたが退院はまだだった。子供部屋には中学二年、小学校六年、四年の少年たちが入院しており、私はたちまち大将になって「入院」「おかあさん」「学校」といった題を出して作文を書かせた。

熱烈なベートーヴェン・ファンになっていた私は、メンゲルベルクの指揮する「英雄」交響曲、ワインガルトナーの指揮する「運命」交響曲、クーセヴィツキーの指揮する第九

雑談クラブ（右から清水さん、霜出さん、広沢君、足立さん、生駒さん、筆者）
昭和二十七年九月二十二日

入院していた子供部屋

交響曲などに熱をあげ、三人に曲と演奏者を解説しラジオを聴いた。彼らはフルトヴェングラーを「振ると面くらう」、トーマス・ビーチャムを「トーマスびしゃ芋」などとはやしながら聴いていた。

何人かの看護婦は私たち四人をとてもかわいがってくれて、クリスマスには大きなケーキを、イヴの夜半には四人の枕辺にこまごましたプレゼントを置いて行ってくれた。

近くの病室には、大学出たての生駒さん、大学の音楽学部四年の清水さん、ＯＬの足立さん、高校一年の広沢君と霜出さん、そして最年少の私の六人が、個室だった清水さんか足立さんの病室にいつもたむろし、音楽やそのほかの愉快な雑談クラブを形成した。病院とはいえ楽しいひとときだった。

清水さんは後日ベートーヴェンのピアノ協奏曲第三番を卒業演奏したが、バッハも好きで、私のラジオで平均律クラヴィーヤ曲集や半音階的幻想曲とフーガ、パルティータなどをよく聴きに来た。彼女は園田高弘の熱狂的なファンで、その写真を病室の壁にべたべた貼っていた。

広沢君は安静度Bだったところから、B君と呼ばれていた。温厚で頭のいい少年だった。

両親がいないので、退院してから姉さんの家にいたが、その広沢君が一人で店番をしていて突然喀血し、家人が戻ったときにはすでにこときれていたという。

(6)

翌昭和二十八年の春、二年ぶりに退院した。高校一年の年齢になっていたが、二年遅れて公立中学二年に入り、四月から通学した。ところが数を文字であらわす代数などというさっぱり概念がつかめない教科があって、何が何やらわからないうちに、わずか二ヵ月後三たびカリエスが再発した。病室があくのを待っていたが、ある患者が死亡したのでそのあとへ七月に入院した。一ヵ月後あの子供部屋が空いたので移り、またしても絶対安静の生活に入った。

今までとは違って病状は重く、何度か危篤状態に陥り、のちに看護婦から聞いたところによると、私は裏門から出る（患者が死亡したら表門からでなく裏門から出るのが習わしだった）ということになっていたそうだ。

第三章　見習看護婦

(1)

病室の窓から見えるものはごくわずかではあったが、歩くことのできない私にとっては、それは「そと」のすべてだった。白く長い本館病棟、中庭にはニセアカシアと青桐、その上にひろがる青い空、そういったものとにらめっこしている毎日だった。春になってニセアカシアが若葉をつけ始めるとなんとなくうれしく、本館を覆ってしまうほどに茂ると、その生命力に勇気づけられた。

左下腹部からは相変わらず多量の膿がガーゼを浸していた。ここ半年ほどの間は病状が悪くなるばかりで、毎日三十九度前後の不安定な高熱がつづくので食欲がなくなり、配膳される食事にはほとんど手をつけなかった。患部の腰痛のために一晩中苦しんだことも幾度かあった。回診に来る医師が傷口（瘻孔）の周辺を左手で押えると、黄色い膿があとからあとから、赤くやわらかくなった傷口の上に流れ出し、ひょうたんのような形をした真鍮の膿盆がたちまちいっぱいになった。

しかし自分と同じような経過をたどっていた近くの病室のカリエス患者が亡くなったと聞いても、自分が死ぬとは考えられず、必ず治るのだと信じていた。病室が子供部屋だったことも気分的に幸いしていた。傍らのベッドには無邪気な中学二年の田村少年、むかいのベッドにはかわいらしい中学一年の中越少年と六歳のあどけないトシ坊が入院していた。三人は比較的軽症だったので付添い人はなく、四人は兄弟のように親しくしていた。

中越君は結核性腎臓炎で三月に入院してきた。ところが病状ははかばかしくなく、三十九度から四十度の高熱がどうしても引かないので、四月に入って間もないころついに摘出の大手術を受けた。腐った豆腐のようになった腎臓を二時間もかかって取り出した手術は成功を収め、その後目に見えて回復していった。十二針も縫ったので、麻酔の切れたあとの痛みは並大抵ではないはずだが、彼は痛みをこらえ白い歯を食いしばって、泣き声もたてなかった。

少年の母親は巨体をゆらして毎晩家からやって来た。腎臓を取ったあとどうしても排尿の回数が多いので、その世話をするために夜だけ泊まりに来た。気さくな人で、家から花を持って来てくれたり、色とりどりの鶴を折り一本の糸で室内に張りわたしてくれたりしていた。

土曜日の夜は母親に代わって彼の姉が泊まりに来た。彼女は高校二年、母親の性質を受け継いでよき姉さんぶりを発揮し、少年を甲斐がいしく世話していた。九時に消灯されたあとも、床頭台の上にスタンドを置いて十一時、十二時まで一心に勉強していた。四人が寝静まった中で、彼女がペンを走らせる音だけが聞えた。寝つきの悪い私が時折目をあけて見ると、彼女がいる一角だけが明るく、スタンドに照らし出された彼女の姿が彫刻のように美しかった。このように存分に勉強できる人が羨ましい気持ちも強かった。

中間考査の前夜、彼女は睡魔を退け退け試験勉強をしていたが、とうとうノートの上に顔を伏せてしまった。しばらくして懐中電灯を手に巡回に来た看護婦に起こされ

「すみません」

とほほえんだ。

「もう寝ないとからだをこわしますよ」

と言われて素直に少年のベッドの下に布団を敷いて寝た。

(2)

私のからだにはすでに四十本のストレプトマイシンと千グラムのパスが投入されていたが、一向に効き目がなく医師団は焦っていた。残る化学療法としては新薬イソニコチン酸ヒドラジッドがあるのみで、まだ効果が確実ではなかったこの薬を最後の切り札として服用することになった。

六月初めのある日、回診に来た院長と黒田医長がそう決めたとき、自分の病状が大きな分かれ目にあることをひしひしと感じた。翌日から看護婦の持ってきた薬包をひらくと、その中にはうすい桃色の粉末がわずか〇・二グラム入っているだけで、この程度の薬をのんで効くのかと半信半疑だった。

ところが二、三日すると熱が三十八度を割り始め、高くても三十七度五分くらいに下がった。気分がよくなり、今までは床頭台の上に置いているラジオの音楽に耳を傾けるだけの生活だったのが、相変わらず仰向いたままではあったが、読書したり日記をつけたりもできるようになった。

膿の量が目にみえて減り始め、それまでは傷口にあてているガーゼと油紙はすぐ膿に浸されるのでその上に大きなナイロンと腹帯をあて一日二回ガーゼ交換していたのが、ガーゼ交換は一日一回ですむようになり、やがてナイロンも腹帯も要らなくなった。一年近くつづいた危機はまるでうそのように消え去った。

気分がよくなると、私は午前中中越少年と田村少年に少しずつ英語などを教え始めた。中越君は小学校を卒業してすぐ入院し、同級生に遅れるのをとても心配していたので、よろこんで私のベッドの横に腰掛けを持って来て座り、田村君も復習のつもりでともにリーダーを読んだ。トシ坊も枕辺からのぞいていた。

そんなある日、暑さのため開け放してあったドアから、廊下を通る白衣がちらと見えた。それは全然見かけない人だった。間もなく十時半の検温に入ってきたその人を見ると、まだ幼く可憐な看護婦だった。一見して十六、七に見えるが、そんなに若い看護婦が来たことがないので、案外年齢は取っているのかも知れないと思った。

脇に挟んでいた体温計を抜いて差し出すと、彼女は脈拍をとり始めた。ストップ・ウォッチをじっと見ている彼女はおかっぱ頭に白帽を載せており、その帽子には赤い線が一本あざやかに入っていた。まるい目、小さな鼻と口もとがかわいらしく、洗いたての白衣が清潔だった。三十秒経つと彼女は私の右手首を離し、生真面目に体温と脈拍を書き込んだ。

半時間ほどして、主任看護婦がこの幼い看護婦と、少し年長の、やはり見知らぬ看護婦を連れて来た。大柄な主任の横で二人は小さくかしこまっていた。主任が

「今度この二人がしばらく実習します」

と紹介すると、二人は

「よろしくお願いします」

とていねいにお辞儀した。私もやや頭を起こし

「こちらこそよろしくお願いします」

と答えた。幼い看護婦は初めての経験にすっかり緊張していて、ぎごちない動作だった。

彼女らが隣室に去ると、幼い看護婦の姿を思い浮かべ、何かしら心温まる思いがした。

洗面をさせに来た看護婦の岡原さんに

「あの見習さんはいつまでいるのですか」

と尋ねると

「さあ、四週間か六週間でしょ」

と事務的に言うので、内心がっかりした。

幼い方の見習看護婦は最初十時半と二時半の検温、年長の方は昼食前と夕食前の投薬に回っていた。幼い方は滅多に笑顔を見せず口数も少なかったが、年長の方はふっくらとした顔をほころばせ、トシ坊や中越君によく話しかけていた。おとなしい声で、落ち着きがあった。私より四つくらい年上に見えたが、四つ年上の岡原さんに案内してもらいながら、室を出るときは礼儀正しく先をゆずっているので、岡原さんよりは若いのかなと考えた。

(3)

中越君が退院することになった。驚くほどの回復速度でめでたいのだが、彼をかわいがっていた私にはさびしいことだった。毎晩やってきてはその日の出来事や、生後六ヵ月の伊津子ちゃんに至る六人の子供のくせや幼な物語などを、おもしろおかしく話してくれる少年の母親がいなくなるのもさびしかった。

少年も土曜日に退院するところ、もう少し病院にいたいと渋った。そこへ入ってきた年長の見習看護婦が体温計を配りながら

「どうしたの?」

とやさしく問いかけた。少年ははにかんで答えないので、私は

「退院したくないそうです」

と口を挟んだ。これが見習看護婦にむかって言った最初の言葉だった。

「まあ、めでたい話じゃないの。元気になって家で飛び回る方がよくはない?」

と彼女は笑っていた。

彼は結局退院を二日延ばしたが、翌日の夕方岡原さんが申し訳なさそうに入ってきて、ちょうど来ていた母親に

「さっき生命も危ない重患が来たのですが、室が一つもあいてないんです。申し兼ねるんですけれど、すぐ退院してベッドをあけていただけません?」

と頼んだ。これを受けた母親はあわてて荷造りをし、ご主人の勤務先のくるまを呼んだが、日曜日で休んでいるため、荷物は私のベッドの横に残したまま早々と退院して行った。あまりに急のことで見送りもなく、親子二人が徒歩で去って行くのは退院らしからぬ光景だ

った。私はベッドに寝たまま少年と握手した。彼のまるい目には涙が光った。

彼は後年数学の大家になり、若くして大学教授として活躍していたが、惜しくも夭折した。

入れ替わりに時間の問題という五十年配の男が担架で運ばれてきた。胆のう炎が悪化して猛烈な腹痛を起こしたが、近くの医院では手に負えずこの病院で手術をしてもらうべく来たという。ところが患者はその夜苦痛を訴えただけで、生命にかかわるようなことはなく、その後は快方にむかっていった。患者には四十すぎの人のよさそうな奥さんが付き添っていた。ただ子供ばかりの室にこのような患者が入るとすっかり雰囲気が変わってしまった。

このころ私はブドウ糖注射をしていた。ある日、幼い方の見習看護婦がその注射にやって来た。彼女は太い注射器を私の右腕にむけると、一息入れたあと一気に突っ込んだ。見習看護婦の腕前に疑問を持っているので内心びくびくしたが、思ったよりうまく入ったのでほっとした。彼女もほっとしたようで、ピストンを押しながら

「何ともありません?」

と私の顔をうかがった。

「ええ」

とはっきり答えると、彼女はトシ坊にも注射したあと、ふたたび
「何ともありません?」

と言って室を出て行った。

彼女は胆のう炎の野田さんにリンゲルを打つためふたたび入ってきた。大きな注射器を患者の太腿に突き刺したあと、ガラス容器に入ったリンゲル氏液が患者の体内に入るのを黙って見守っていた。横では奥さんが湯でしぼったタオルを太腿にあてて揉み、吸収をはかっていた。

(4)

七月に入って一週間ほどが過ぎた。暑さは日に日に増した。身動きできない私にとってつらい季節だった。汗をかき放題になっても拭くことができないため、背中と布団の間はいつも濡れてむしむしし悪臭を放っていた。暑さを少しでもやわらげるために、ベッドの

右端、左端へとからだを動かした。
私は一度見習看護婦と話したいものだと思っていた。彼女ら二人が来てから二週間あまり経っていた。年長の方が検温に来たとき
「七度二分ありますよ」
と言うので
「僕としては平熱ですよ」
と答えると
「それは困りますね」
と笑っていた。
次の日、十時半の検温に来た彼女は、私の差し出す体温計が七度一分を指しているのを見て
「またあるじゃありませんか」
と眉をひそめた。
「あなたはいつ見ても勉強してるでしょう。きっとしすぎよ」
とも言った。読書を勉強と見たようだった。

このように彼女が再々話しかけてくるので、その日二時半の検温時に初めて私の方から話しかけた。

「お名前を何といわれますか。不便なので教えてほしいのですが」

「私？　私はもう本当の間抜けですが、偉い偉い人と同じ名前なんです」

「ははあ、どういう分野の人ですか」

「政治家です」

「いつごろの人ですか」

「戦後の人よ」

「現存していますか」

「はあ？」

「いや、今生きていますか」

と言っているところへ
「吉田さん？」

と野田さんが割り込んだ。

「ええ、どうぞよろしく」

と彼女ははにかんだ。

「で、いつから生徒さんになっているんですか」

こういった質問から話は始まった。彼女は平たい検温箱を前に押えながら、神戸の病院の婦長をしている叔母を頼って来たので、夜はその病院に泊まり、ここへは実習を受けに来るだけだと語った。

幼い方の見習看護婦は籾木《もみき》さんという名だそうで、偶然にも同じ愛媛の出身で、彼女の方は寄宿舎に泊まっているとのことだった。

去年の十月ごろまでは保育園に勤めていたというので、

「保育園の前はどこだったのですか」

「そうね、去年の三月ごろは学校だったわ」

「え？　学校って生徒の立場でですか」

「もちろんよ。どう思った？」

「いや、生徒とすると、僕と年齢はあまり違わないですね」

「あなたは十七でしょう。私はこの間六月十五日に十九になったばかりですよ」

「へえ、そんなものかなあ。僕は吉田さんを四つくらい年上と見たけれど…」

「そんなことはない。やっぱり二つくらいの違いだな」

と野田さんが口を挟んだ。

「吉田さんが十九だとすると、今年の春高校卒業ということになるけれど…」

「そうかしら」

「僕は今年高校二年の年齢なんですよ。とすると…」

「実は卒業していないのよ」

「家庭の事情で？」

「ええ、私は本当は学校の先生になりたかった。でもね、父が死んだのよ。それでその病気を研究しようと思ったんだけれど、お医者さんにはなれないでしょ。だから看護婦になったんです」

「そうだったのですか。その病気は何ですか」

「胃がん…」

「ふーん、愛媛へは帰りたいでしょう？」

「そりゃそうよ。だけどね、一人前の看護婦になるまでは帰らないつもりよ」

「ふーん、えらいなあ。で、籾木さんはいくつくらい?」
「あの人はあなたと同い年よ」
と答えた。私は、わずか十七歳で社会の第一線に立っている彼女に急に尊敬の念を持ち、自分とはかけ離れた存在だなと思った。
このように親しく話すようになってから彼女は
「おはようございます」と挨拶して来るし、検温のたびに十分も十五分も立ち止まって話していくので、隣室の患者に
「体温計ってから十五分も経つぞ…」
と怒鳴られているのが聞えてきた。

(5)

むし暑いある日、自動車強盗にやられた運転手の遺体がむかいの本館の階下にある解剖室に担ぎ込まれた。解剖室はガラス窓なので、この二階の病室からは首をむけるだけでその模様が手に取るように見えた。

いつの間にか、私の横にやってきた吉田さんがその様子にじっと目を凝らしていた。

「あんなのに立ち会ったことがありますか」

「いいえ、よう付かんわ」

「僕がえらいと思うのは看護婦さんのする遺体処理ですね。あれだけはちょっと真似できないなあ」

「ええ、私たちもそのうちしなければならないでしょう」

「まだやったことはないのですか」

「ええ、子供のはしたことがありますけれど…」

解剖は終わりに近づき、遺体をもと通りに縫ってしまうと、執刀者は手袋をはずし、遺体にむかって深くこうべを垂れた。

自動車強盗はすぐ捕まったが、犯人は高校二年、十七歳というから驚いた。自分と同い年ということで、反射的に籾木さんの存在を考えた。みんな同じ年齢、一番子供くさいのは自分らしいなと思った。

(6)

気温は三十度を超すようになり、ひどく汗をかいたので、朝の挨拶に回ってきた主任看護婦に

「清拭《せいしき》をしてもらえませんか」

と頼んだ。ところが

「さあ、できたらしますけれど、きょうは忙しいのであまりあてにしないでください」

との返事だったのであきらめていたが、十一時ごろ何気なく廊下を見ていると、籾木さんが通りかかり視線が合った。立ち止まった彼女は

「午前中に清拭しますよ」

と言うので、はて、この人がしてくれるのかなと思いながら

「ええ、いつでもそちらの都合のいいときに」

と答えた。

二十分ほど経って、二人の見習看護婦が湯を満々と入れたバケツ、杓、琺瑯びきの白い

洗面器、タオル、石鹸、てんか粉、アルコールなど清拭道具一式を持って現れた。過去主任看護婦が大抵やってくれていたので、主任が指導でもするのかと思ったが、二人はすでに清拭のすべを充分心得ており、浴衣を脱いで上半身裸の私に要領よくやりだした。横から田村君が

「兄ちゃんのお風呂やな」

と言うと、吉田さんが

「お風呂と申しましても、お腹から上と足だけですよ」

と妙な注釈を入れた。

上半身は籾木さんが受け持ち、タオルを右手に巻きつけ、石鹸をつけて顔面からこすり始めた。目をつむってなすがままにしていた。彼女の顔が至近距離にあるのでまぶしくて話しかけられず、専ら吉田さんと話した。籾木さんは年上の吉田さんにすっかりなついており、話題が自分に及んでくると、にっこりと吉田さんにむかってうなずいた。

吉田さんが泊まっているという病院は、私が幼いころよく通院したところで、愛想よく振る舞う看護婦がいたのを覚えているが、それが叔母さんにあたるらしい。

「あなたのこと、覚えている？ と叔母にきいたら、即座には思い出せなかったようだけ

れど、翌日になって、そういえばそういう子がいたと言ってたわよ。どこで縁があるかわからないものねえ」

と笑った。

顔面がすんで腕に移り、籾木さんの顔が少し離れたので彼女にも話しかけた。彼女は無口ではあるが、素朴でどことなく茶目っ気がある。

「このあいだ吉田さんにお名前を教えてもらったのですが、籾木さんと呼ばせてもらっていいですか」

「ええ、どうぞ」

「吉田さんにもきいたのですが、籾木さんはどういう動機で看護婦さんになったのですか」

「さあ、どういうわけでしょう。なぞなぞよ」

とちょっとはしゃいだ。まだ子供っぽい動作だ。彼女の家は高知県の宿毛と愛媛県の宇和島の中間にある山間のまちにあるそうで
「こんな大きなさつまいもが取れる…」

と両手をひろげて見せた。

「家には帰りたくてしかたがないのよ。寄宿舎生活ってさびしいわ」

としんみりした。

彼女は私の腕を左手に取って、熱心に拭いてくれた。はずみで時々その白い腕の内側に手が触れた。なめらかな感触だった。

胸から腹へと拭き場所が移った。彼女はとても暑そうで、鼻の頭にはあとからあとから汗が噴き出すので、時折白衣の裾で拭った。

「出る出る」

と腹から垢をこすりだした。垢はこよりになって出てきた。

足は吉田さんがやってくれていた。一休みしている籾木さんにうちわを差し出すと、ちょっと自分をあおいだだけで、吉田さんに風を送り始めたので、彼女は

「もったいないわ」

としきりに恐縮している。するとおもしろがって籾木さんは一層ばたばたあおぐ。吉田さんがそれをとめる。籾木さんはベッドのむこうへきゃっきゃっと言いながら逃げた。

「吉田さんたちはいつまでいるんですか」

と最もききたかったことを尋ねると

「七月いっぱいよ」

と言うので、壁のカレンダーを見るとあと三週間あまりしかない。この清拭によって彼女たちとうちとけただけに残念なことだった。

最後には主任が来て見ているので会話は途絶え、彼女らはかしこまって後片付けをし、私の腹に夏蒲団をかけなおして去って行った。

「私たちのいる間は一週間に一回清拭をしてあげるわ」

と言っていたから、あと三回ということになり、ひそかなたのしみとなった。二人の来ない日曜日はつまらない日となった。

(7)

ところが月曜日から二人は投薬と配膳以外には姿を見せなくなった。あまりにも長くかかりすぎて検温を免じられたのだろうか。投薬と配膳では二人は立ち止まらないので話をする間もなかった。それに室内では野田さんとその奥さんが見ているので、話す機会があっても、関心のない態度をとる自分がわれながら不甲斐なかった。

トシ坊は若い母親も同じ市内の病院に入院しており、父親は日雇いで働いているので付き添う人がいない。ずっと一人でいるので最初はかわいがられていたが、次第にひねくれてきた。子供らしからぬ陰険ないたずらをするようになり、注意するとたんに意地になってますますいたずらをする。泣き出すと、片目を時々あけ周囲の様子をうかがいながら小一時間は泣きつづける。ふびんに思ってやさしくなだめると一時間半くらいに延長する。暑い折柄みんなげんなりしていた。看護婦もてあまし、泣き出したら逃げてしまう。後始末は同室の者がしなければならなかった。

そんな中にあって吉田さんと籾木さんはしばしばなだめたりすかしたりしていた。ことに籾木さんには小さい弟妹がいるのか、声が小さいのでよく聞えないが、トシ坊の耳もとに何やらよくささやいていた。トシ坊が座り込み頑として動かないとき、さすがの吉田さんも傍観していると、籾木さんはトシ坊の傍らにしゃがみ込んで機嫌をとっていた。吉田さんはあやし方を知らず、注射の前に

「ボク泣くの？　泣かないでね」

と哀願していた。

彼女たちに積極的な言動を慎んでいたつもりなのに、ある日田村君に

「兄ちゃん、吉田さんにアイ・ラヴ・ユー言わないの？」

と言われてどきんとした。

「何を言ってるんだ、あんな年上の人に…」

と内心冷や汗をかきながら何気ない風を装うと
「兄ちゃん、ラジオでいつも聴いてるドイツ語ではアイ・ラヴ・ユーをどう言うの？」

「え？　それはイッヒ・リーベ・ディッヒさ」

「じゃあ、台湾語でどう言うか知ってるか」

と長らく台湾にいたという野田さんが割り込んだ。

「我愛汝と書いてグァ・アイ・リーと言うんだ」

とつづけると、田村君は
「よし、今度吉田さんにグァ・アイ・リーと言ってみようっと」

とよろこんでいるので、野田さんは思わず苦笑いした。

(8)

彼女たちのいるのもあと三週間、二十日、十九日と数えているうちにまた一週間経ったのに、二人はあまり姿を見せない。主任看護婦に
「きのうの暑さでたくさん汗をかいたので、また清拭をしてもらえませんか」
と頼むと
「このごろ三上さんがずっと休んでいるし、生徒さんも一人休んでいるのできょうは困ります」
とのことだった。はて、どちらが休んでいるのかと注意していると籾木さんの方だった。吉田さんに
「彼女どうしたのですか」
と尋ねると
「もう実習がすんだのよ。私もきょうがちょうど土曜日だからやめます」
と言う。顔から血の気が失せるのを感じながら

「だって今月いっぱいということじゃなかったのですか」

「ええ、急に予定が変わったのよ」

と笑いながら行ってしまった。


翌日は日曜日なので真相がわからなかったが、月曜日になると二人とも勤務しているので安心した。しかし二人は階下担当になったとかでほとんど来なくなった。


水曜日、めずらしく籾木さんがトシ坊の足を洗いに来たので、久しぶりに
「土曜日はどうして休んだのですか」

と問いかけてみた。

「気分が悪かったから」

と短く言って、ちらっとこちらを見た。

「一日で治りましたか」

「ええ、日曜日も休めたから」

と顔をほころばせた。


しばらくして、その日から三上さんも出てきて人手が増えたからと、二人が清拭をしに

来てくれた。七月末まで十日を残すのみとなっていた。この日吉田さんは元気がなく
「私口を利きたくないの」
と私の枕もとにしゃがみ込んだままなので、籾木さんは
「私がする」
とやりだした。いつものように真剣な面持ちで、まず顔からこすり始めた。最初に濡れたタオルで一通り拭き、次いで石鹸をつけたタオルで入念に拭く。そのあとまた濡れタオルで石鹸を拭い取り、乾いたタオルでさっと拭いたあとアルコールをつけ、てんか紛をはたいた。
「吉田さん、元気がないけれどどうしたんですか」
「としを取りますとしんどくて…」
としょんぼりしているので
「われわれより二つ三つ年上だと思ってえらく年寄り顔するなあ」
と笑ったあと、ふと
「そういえば籾木さん、僕と同い年と聞いたんだけれど、こうして社会の第一線に出て働いてえらいなあ」

と言うと、私の腕を拭いていた手を休め、じっと私の目を見つめて
「あなたは十…」

「十七ですよ」

「あら、私の方が一つ少ない…」

「え？」

「私は三月生まれですから十六ですよ」

「ははあ、学年は同じだけれどとしは違うんですね」

彼女が年下とは意外だった。

「僕なんかいつまでも子供で…」

と正直な気持ちを述べると
「病気では仕方がない。これからだよ」

と野田さんが言った。それにしても、彼女がわずか十六歳で遠く家を離れ働いていると知って、あらためて深い感動を覚えた。

「僕には年子の妹がいたんだけど、今いれば籾木さんくらいになっているんだなあ」

「その方もう亡くなられたの？」

「うん、小さい時分にね」

拭き手を専ら買ってでているので、彼女とばかり話を交わした。彼女は去年の十月に看護婦養成所に入ったが、養成期間は二年なので早く来年十月が来てほしいと言った。

足りなくなった湯を取りに吉田さんが去ったあと

「家を思い出しますか」

ときくと

「ええ、帰りたいです」

と目をしばたたいた。私は傍らから小百科事典を取り出し

「おそらく南宇和郡だろうと見当をつけたのですが、このどのあたりですか」

と愛媛県の地図を指し示すと、彼女は地図の上に指を走らせて

「あった、あった。これよ、これ。御荘《みしょう》よ」

とはしゃいだ。

「このあいだ山間のまちだと言っていたのに、これで見ると海岸沿いじゃないですか」

「あのまち海までつづいてたかしら」

とのんきなことを言っている。

吉田さんが湯を入れたバケツを持って戻ってきて、今度は二人で足を洗ってくれた。

「今どんな仕事をしてるんですか」

と問うと、こもごも
「このごろ検温はしないけど、リンゲルを打つ人が多いし…」

「胃腸洗滌もあります」

と言っておいて、籾木さんは
「胃腸洗滌はおもしろいよ」

と思い出したように言い、首をちょっと引っ込めて笑った。

「おもしろい？」

と問い返すと、黙ってうなずいた。

「どうしてでしょう、おもしろいとは」

「…………」

笑って彼女は答えなかった。昼前清拭は終った。

(9)

小百科事典で「御荘」をひいてみると、「愛媛県南宇和郡の町。人口八千六百。真珠養殖盛ん。闘牛の本場。御荘の名は中世延暦寺の荘園に因む」とあった。その日の午後、院長回診に先立って私のガーゼ交換用具一式を持ってきた彼女に

「籾木さん、ちょっと見てごらん」

と示すと

「便利なものですね」

と言いながら見ている。

「闘牛の本場とあるけどどんなものですか」

「牛のけんかよ。スペインであるでしょう」

「それはそうだけど、闘牛専用の牛で?」

「いいえ、普通の農家の牛。こんなのに載せるほどのこともありませんけれど…」

「真珠養殖もするらしいですね」

「そんなことしてるのかしら。私は知りません」

「でも真珠養殖をするのなら、やはりまちは海にも沿っているんでしょう？」

「そう…ですね！」

と強め、ぺろりと舌を出して笑った。そこへ院長と主任看護婦が入って来たので、二人はすまし顔に戻った。

三センチくらいの傷口をあけると、院長は左手で傷口の周辺を押し、出てきた膿をピンセットに挟んだ乾綿で拭き、マーキュロを塗ってゴム管を入れる。さらに消毒液に浸した小さなタンポンを鉄のゾンデで傷口深く突っ込むと、みるみる二十センチばかり腹の中に食い込む。その上にガーゼをあてがって、院長はアルコールで浸した手拭きで手を拭きながら主任とともに去った。そのあと彼女が油紙と絆創膏を貼ってくれた。

⑽

その日から私の感情は完全に籾木さんの方に傾いた。自分より年下の人が甲斐がいしく働いているという事実にその夜なかなか眠れなかった。

翌日、私の接近した気持ちも知らず、彼女は昼食前の投薬に来ただけだった。私の差し出すコップに湯を注いだだけで行ってしまった。彼女のいる七月末まであと九日になっていた。一日一日が千金の値に思われた。一日が五、六時間しかないように飛んで行った。八月になって彼女がいなくなったらどうなるのだろうと思った。

次の日にも院長回診について来たほかは、彼女も吉田さんも現れなかった。このときはいつものように、院長より先に二人がガーゼ交換用具を持って来て、院長が来るまで私の枕もとに立っていた。彼女は薬品の準備をするためにちょっと薬瓶などに触れながら

「きょうはヨードフォルム入れる日？」

と尋ねた。私は妙に口がもつれながら

「きょうは違うようです」

と視線をそらして答えた。

「このごろ一向にお顔が拝めませんね」

と何気ない風で言うと

「リンゲルをするんで午前中いっぱいよ。あしたからはもっと増える。手術が四つもあるんですもの」

と答えて吉田さんをかえり見、相槌を求めた。吉田さんは絶えず微笑をうかべてうなずいていた。

「何の手術?」

と野田さんがきくと
「アッペやヘルニヤ…」

「ヘルニヤ?」

「ええ、そけいの…」

と言い淀んではにかんだ。

「この病院もすっかりなれたわ。でもなれたと思ったらもうすぐ帰るのよ」

と言っているので
「そうですねえ」

とさりげなく合わせていた。

院長回診が終って帰って行く彼女が、ちょこちょこと小刻みに歩いていくのが愛らしかった。

(11)

土曜日、いよいよあと一週間を残すのみとなった。彼女は昼前、小柄で愉快な立石先生の回診について来た。

「先生、寝てると背が伸びるとよく聞きますが、僕は一向に伸びませんよ。何か背が伸びる薬がありませんか」

と軽口をたたくと

「馬鹿言え。そんな薬があったら俺の方がほしいわ」

と周囲を笑わせる。その反動で傷口のゴム管が飛び出しそうになる。あわてて先生がピンセットで押える。そのあわてぶりがまた笑わせる。なごやかな回診風景だった。

彼は処置をすませると、ほとんど回復した野田さんに

「変わったことはありませんか」

と声をかけて出て行った。その口調をまねて、私の絆創膏を貼りながら彼女が

「変わったことはありませんか」

と茶目っ気たっぷりに言う。

「それはどういうわけですか」

「そういわれると困るわ」

と笑った。

「月曜日までさよなら」

そう言うと、彼女も
「さよなら」

と小さく言って去った。

(12)

日曜日から月曜日のころ私の感情は極度に高まった。あと一週間もすると永遠に会えなくなるという気持ちから、今にも彼女が消え去るような切羽詰った気持ちになった。それは恋する感情と若い彼女を励ましたい気持ちがない交ぜになったものだった。

その気持ちを表す手段として手紙を書き始めた。自分特有のロマンチシズムかと書きながら自分がいやになる気持ちもあり、一方では、果たしてこれを渡せるだろうか、いや渡すべきものだろうかとの疑問が書き進む速度をにぶらせた。内容は純粋なものであっても、もし第三者に見られた場合どう解釈されるだろう。ましてや彼女は出発したばかりの見習看護婦なのだからそのスタートでつまずきがあってはならない。

夢にまで見た。立石先生の回診について来た彼女を少しでも引き止めておこうとして

「きょうはヨードフォルムを入れる日です」

などと言っている。むし暑くて眠りにくいままに彼女の夢を次から次へと見ていた。

⒀

月曜日、いよいよ今週だけになってしまったとやきもきしているのに、彼女は来る用がなかった。

午後の院長回診について来た岡原さんが、隣室の患者用の膿盆を忘れたために、私が使った膿盆から汚物を退けて流用するという早業をやってのけた。あとで廊下を通りながら彼女は舌をちょっと出して笑った。そこへ小走りに、主任に何ごとか報告に来た籾木さん

がちょうど室の前で立ち止まり、私を見て会釈した。しばらく主任に話している間も、時々私の方に視線を投げていた。

(14)

火曜日、書こうか書くまいかためらいながらやっと手紙を書き上げた。書いてみると、折角の手紙だからなんとか日の目を見せようと苦慮し始めた。しかし冷静に考えてみると、今のように回診のときにしか現れないようでは、医師や主任がいる手前不可能に近い。

その機会をつかむにはもう一度清拭をしてもらうことだと思いついた。だがそれにしても、彼女が来れば吉田さんも来る。野田さんも田村君も見ている。やましい手紙ではないが、客観的にみてどんなものだろう。いやとにかく可能性のある清拭を頼もうと決めた。

この日の彼女は麓先生の回診について来ただけだった。先生が去ったあと、絆創膏を貼ってくれる彼女を見ると、白衣の腰の部分を真っ赤にしているので

「どうしたんです」

と問うと

「マーキュロをつけたんです」

と小さく答えただけだった。彼女は私が手紙を書いているのも知らずに私を見ているのだ。

(15)

水曜日になった。私は心がますます燃え上がるのを意識していたが、一方ではあとの収拾が大変だと思って、これを抑えようと努力した。絶対安静のような状態をつづけている間はこのようなことに熱が入らぬよう、極力みずからを戒めてきたのだが、その一方で何か一つ拠りどころがほしい気持ちがあった。

とにかく落ち着かなかった。いっそ早く三十一日が過ぎればいいのにとさえ思った。

この日彼女は全く姿を見せなかったが、吉田さんが夕食前の投薬に来たので久しぶりに話を交わした。

「このごろ階下が忙しくてなかなか上がって来れないのよ」

と彼女はこぼした。

「ここの勤務がすんで五時に病院へ帰ると、また一働きするんですけど、ここのようにうちとけた話は全然できなくて窮屈なのよ。といってもこの病院でもこんなにうちとけて話ができるのはこの室だけだけれど」

とも言っていた。これが彼女と話した最後だった。彼女ははじめてパーマをかけて急に顔が変わりイメージダウンしてしまった。田村君は「姉ちゃん、姉ちゃん」と慕っていて、毎日夕方になると、病院前の停留場から帰って行く彼女を廊下から見送っていた。

⒃

木曜日、あと二日に迫ってきたので、なんとか彼女に清拭をしてもらおうと、主任に「今詰所は忙しいですか」

とおもむろに持ちかけた。すると意外なことに、二、三日前に欠員ができたので清拭どころではないとのことだった。落胆した。最後の望みをかけた清拭もできないなら手紙を渡すチャンスもなくなったかと。

そんな私の心を知ってか知らないでか、彼女も親愛の情を示していた。昼食前の投薬に来た彼女は、腰のところがうす赤くなっている白衣を着ているので

「大分マーキュロが取れましたね」

と言うと
「いいえ、あれは取れていません。これは別の服です」

「それにしては同じところが赤いなあ」

「これはマーキュロがあるのに気がつかずに座ったんです」

「で、もう一つの方は？」

「あれはお産のときにマーキュロをひっくり返したんです」

「えっ？」

「わ、か、り、ましたか！」

「ようくわかりました」

と答え、二人で笑った。

　さりげなく
「いよいよあさってでお別れですね」

と言って彼女の目を見つめると
「ええ、名残り惜しいです」

と小さく言って目を伏せた。

午後になって二時半ごろ、岡原さんがバケツ片手に
「清拭しましょう」

と現れた。思いがけないことに、あるいは彼女も、と期待したが、やって来たのは岡原さんだけだった。岡原さんは受け持つ仕事は終えたのだが、勤務時間が一時間半も余っているので、主任に頼まれてきたとのことだった。

岡原さんとは何食わぬ顔で話していたが、拭き手が籾木さんでなかった失望が大きく、冗談をたたいていても顔はこわばった。籾木さんに清拭をしてもらう機会を失ったということは、手紙を手渡す機会も永遠に消え去ったことになる。清拭の際の話題も考えていたのもすべて無為に帰した。

清拭中に小児科の回診があり、彼女は是則先生についていた。先生が田村君を聴診している間、彼女は身じろぎもせず私を見つめているのに気がついた。ちらっと彼女の方を見上げても、瞬きもしないで私に視線を投じているので、どぎまぎして視線をそらし、彼女の視線を意識しながら岡原さんとそらぞらしい冗談を交わしていた。

⒄

金曜日、私はやや平静を取り戻した。自分にはどうにもならない大きな流れを感じていた。この日、野田さんが退院したので大人の目はなくなった。もし彼女が一人で来たら手紙を読んでもらえるかもしれないと期待していたが、外科と小児科の回診について来ただけなので全く不可能だった。

これで私はすっかりあきらめた。最後の夜、なかなか眠れなかった。すべては終りつつあるのだ。今は宛名人の永久に読むことのない手紙を淡々とした気持ちで読み返した。

⒅

七月も最後の日が来た。降ったりやんだりの一日だった。彼女は階下が忙しいのか二階へは上がって来なかった。

十一時半ごろ、是則先生の回診に吉田さんが従っていた。先生が診察しているために吉田さんとは別れの言葉を交わすことができなかった。

一方籾木さんはもう来ないのかと思っていたが、正午すぎ、仰向いたままの胸に昼食を置いて箸をつけようとしているところへ立石先生の回診があり、岡原さんと彼女とがついて来たのでほっとした。先生と岡原さんはしきりに冗談を交わしているが、彼女は黙々とリゾールやマーキュロをつけた綿やタンポンを手渡していた。

傷口にガーゼをのせ終えると、先生と岡原さんは隣室へ去った。あと絆創膏を貼ってくれるのは彼女だ。いよいよ最後。一瞬手紙が頭に浮かんだが、ついにそれは手渡す気持ちにならなかった。彼女のきれいな瞳を見ながら話しかけた。

「きょうはいよいよ最後ですね」

「ええ」

「これからまだここへ来ますか」

「はあ?」

「これからまだ…」

「ええ、卒業したらまた来ます」

「いや、きょうこれから…」

「配膳に来ます。あ、もうすんだの」

「それじゃもう来ることはありませんね」

「ええ…さよなら」

「さよなら」

「お大事にね」

「機会があったらまた来てください」

「………」

「さよなら」

「さよなら」

そう言うと、彼女はあわただしく立石先生のあとを追った。

私はそのまま廊下を見つめていた。しばらくして隣室から岡原さんと引き返してきた彼女は、室の前を通りすぎるとき一瞬私を振り返った。真剣そのものの目だった。

(19)

こうして彼女は去って行った。目をつむると、彼女の姿や交わした会話などがよみがえってきた。外には細かい雨があった。

この日は土曜日ではあったが、二時半ごろになっても日勤の岡原さんたちが投薬に回っているので、田村君は彼が慕う吉田さんもまだ看護婦詰所にいるかも知れないと出て行った。

ややあって戻ってきた彼は、詰所へ行ったら主任しかいなかったので、内科の外来の方へ歩いて行くと、ちょうどむこうの方へ吉田さんと籾木さんが連れだって帰って行くのを見た、吉田さんはワンピース姿だったが、籾木さんはセーラー服を着ていたと報告した。彼女のセーラー服姿を想像し、ほほえましく思っていると

「あれはみんなでたらめさ。うまくかついでやった」

と田村君はしてやったりの笑顔になった。

すっかり幻滅を感じたが、かつがれたような気がしなかった。むしろこれが本当ならど

んなによかろうと思った。彼女のセーラー服姿はいつまでも脳裡に残った。

第四章　プロムナード　2

(1)

絶対安静のうえ目が疲れるので、相変わらずラジオで音楽ばかりきいていた。正月になると、その前後十日間ほどは、私の病室はもちろん病棟の患者はみんな外泊といって家へ帰るので、私一人身動きできぬまま残された。

これを見た看護婦の岡原さんが気の毒がって、レコードプレイヤーを貸してくれた。むかいの病棟に入院していた三十歳の音楽青年出射さんが、大事そうにレコード二枚を持ってやってきた。肋骨を数本切り取って極端に歪んだ肩を近寄せてくる彼と二人、カッペ弦楽四重奏団の演奏するベートーヴェンの弦楽四重奏曲作品132や、カザルス・トリオの演奏するピアノ三重奏曲「大公」に黙々と聴き入った。弦楽四重奏曲の重苦しい第三楽章から

お世話になった看護婦さんたち
（後列左から、赤木さん、岡原さん、四元さん）

軽快な第四楽章に入ると、私たちはほっと顔を見合わせた。コルトーの弾く「大公」の出だしのピアノの音にもほっとした。

黒田医長は、知恵の遅れた孤児を収容している施設の子供をすべて引き受け、私たちの病室に入院させた。いろいろな子供がおり、ある幼な児は捨て子だということだったが、そのような暗さはなく、私の枕辺に来てはほほえんだ。あるいは、手を振って退院して行ったみどり児の行き先は家庭ではなく、もとの孤児院だということもあった。

看護婦の赤木さんは、この子たちのために服をこしらえたり縫ったりして与えていた。彼女だけでなく、藤原、四元、岡原さんたちも親身になって面倒をみていた。彼女らは私に対しても朝夕の洗面、食事、便の世話、清拭などよくしてくれた。岡原さんはすばらしいソプラノで、「ガンジス川に太陽はのぼりぬ」やヘンデルの「涙の流れるままに」などをよく歌ってくれた。

当時この室に長くいたのは、中学二年の板津君と中学一年の大谷君だった。二人とも気だてのいい少年だった。私の音楽熱に感化されて二人ともすっかり音楽好きになり、退院後板津君はクラリネット、大谷君はフルートを始め、中学のブラスバンドに入った。板津君は大酒飲みの大工を父に持ち、およそクラシック音楽とは縁がなかったようだが、のちにこの西宮のオーケストラの第一クラリネット奏者として活躍していた。

(2)

昭和三十年、二年ぶりに歩行許可が出た。全くあきらめていた通学の可能性が見えてきて大きな希望がふくらんだ。長らく縁のなかった勉学を取り戻すため一年計画をたて、早稲田中学と高校の講義録をとり、中、高校の教科を勉強した。夜はイヤフォーンでＮＨＫ高等学校講座を聴いた。自分のベッドの領域だけスタンドをつけ、十二時ごろまで勉強していたが、消灯が九時だから、巡回の看護婦にしょっちゅう叱られた。現在は通信教育によって高校卒や大学卒の資格が取れるが、当時は講義録で勉強し、大学入学資格検定試験（大検）をパスする以外に手段がなかった。

このころ私の病室は子供部屋の性格がなくなり、大人の出入りがつづいた。退院する人もあれば亡くなる人もあった。死が身近な世界で、同室者の死やむかいの本館の解剖を見ても、「またか」くらいに感覚が麻痺していた。

そんなとき、古泉さんという老人が心臓病で入院してきた。入院してきたときはすこぶる元気で、冗談を言ったり、外出して食事してきたり、いつもにこにこしている好々爺だった。ただ、家族は息子と娘がいるらしいのだが、全然寄りつかず、老人が一人で食事している後姿にはなんとなくさびしさがあった。

老人は時々夜中に不整脈を起こした。私は看護婦を呼びに幾度か看護婦詰所へ走った。老人は不安そうにそのまま一晩中ベッドの上に座り、まんじりともしなかった。

その後心臓内膜炎の青年が入院してきた。立派な体格の若者だったが、絶対安静を命じられて氷で冷やしていた。

ある夜、付添婦がちょっと外出しているとき、彼は私の名を呼んだ。
「息苦しい」
と言うので脈を診ると明らかに不整脈だ。あわてて看護婦を呼びに走った。カンフル、アドレナリンが打たれ、酸素吸入器も据えられた。注射器が一挙に三本も腕に立てられたが、苦しみのたけりは凄まじく、息も吐く息ばかりになった。しかし意識は明瞭そのもので、自覚症状をはっきり医師に伝える。そうこうしているうちに、苦しみはますます募り、ついに
「おかあさん！」
と言ったきりこときれた。室内は一瞬静まりかえった。急を聞いて家族が駆け込んだが間に合わなかった。母親は
「苦しかったやろなあ」
と遺体にとりすがって泣いた。
死後の処置が終わり、遺体が霊安室へ運び去られ、人々も去り、暗い電灯の下で古泉老人と二人きりになると
「青年死んでしもうたなあ」

といかにも落胆したように老人は言った。同病であるだけにかなりのショックを受けたようで、老人は寝たきりの日が多くなり、とうとう付添婦が付いた。この付添婦は患者の悪口をよく言う人で、聞こえよがしに付添婦仲間に話すのを、老人は目をしょぼつかせ黙って聞いていた。

老人のシャツは汚れるにまかされ、付添婦は洗濯しなかった。シャツをまくって回診を受ける皮膚はすっかり褪せていた。不整脈が毎晩のように襲った。若い看護婦が懸命に励ましていた。

やがて老人は死を覚悟し、私に

「よう世話になったなあ」

と言いながら付添婦にすきやきをつくらせ

「わしは何もお返しできんですまん。これでも食べてくだされ」

と私にむかって手を合わせた。私はこのすきやきがのどを通らなかった。

死の数日前、老人は枕辺に息子と娘を呼び、故郷の土地を二人で仲良く分けよととぎれとぎれに遺言していた。

数日後の未明、私を呼ぶ蚊のなくような老人の声に目が覚めた。カンフルを打つよう看護婦に頼んできてくれと言う。カンフルを打ってもむだなことが分かっている付添婦が行こうとしないので、私を呼んだのだ。私は付添婦をさしおいて行くべきかどうか迷った。そうこうするうちにも老人は私を呼ぶ。私はどうせだめなら安楽死させてあげればいいじゃないかとも思った。

結局私は看護婦を呼びに行かなかった。老人はその日の午後意識混濁に陥り、しずかに死んでいった。私は良心の呵責に悩まされた。老人の遺体が霊安室に運び去られて、その夜は病室で私一人になった。夜中、ふと気がつくと、老人が隣のベッドに座ってこちらをじっと見ているではないか。私はぞっとして身がすくんだ。とみる間に老人は私に飛びかかってきた。

夢から覚めてわれにかえると、汗びっしょりだった。その後長くあの私を呼ぶ声が耳から離れなかった。

翌々日、息子がお礼を言いにやってきた。そのとき、彼の手には老人の骨壷があった。つい一昨日まで話をした人がこの中に入ってしまったのかと、なんともいえない無常感を覚えた。

古泉さんの死（十二首）

見舞ひ来る家族もなくて老人は
食みつつ街の窓を見てをり

結滞にいたく怯えて老人は
ベッドに座り夜を明かしたり

老人の枕辺に来て若き男
土地売買の契約迫りぬ

不眠症の老人は痩せて病室を
出でつ入りつし夜を過ごしゐる

汚れたるシャツをまくりて診察を
受けゐるひとの皮膚の褪せたり

真夜中の結滞烈しき老人を
励ます若き看護婦の声

吐く息と吸ふ息ごとに呻きたる
老病人のひと夜明けたり

死期近き患者と同じ室にあれば
霊安室の灯などは言はず

くにの土地を仲良く分けよと老人は
とぎれとぎれに遺言しをり

綿詰めて死後の処置する看護婦は
あまり詰めると痛からむと言ふ

木犀の匂ふ庭にて療友の
見送るなかを柩出でゆく

わが室に病みゐしひとの骨壷が
子に抱かれて帰り行きたり

(3)

間もなく二十歳になろうとしていた昭和三十二年三月、十二年間に亘るカリエスとの闘病生活はついに終わり、六年間いた病院から退院した。世話になった医師、看護婦、親しかった患者仲間たち大勢が正門に居並び、くるまに乗った私にいつまでも手を振ってくれていた。

私はたまらなく学校へ行きたくなった。大学へ行くには大検をパスしなければならないが自信がない。義務教育なので登校しなくても卒業させてくれた小学校、中学校と違って、高校は途中から入るわけにいかない。やむなく四年遅れて高校の入学試験を受けようと決心し、退院して十日後、地元の高校の入試を受けた。

ところが私は不合格になった。ふしぎでたまらないので、校長や学年主任に面会を申し入れたところ、二人は、四年も遅れた生徒を入学させた前例がないとか、十二年も患った大病の経験者は邪魔になるとか言う。不成績や乱行で遅れたのならともかく、病気はやむをえないではないか、教育の機会均等は認めてくれないのかと反論したが、頑として譲歩しない。何度か交渉したあと一旦あきらめ、この高校の定時制に籍を置いた。

これは病気のアフター・ケアのためには、のんびりできてむしろよかったかも知れない。それに勤労青年たちが昼間の労働から解放され、意気揚々と登校してくる姿を見ると、

「やあ、仲間たち」

と呼びかけたくなる親近感が湧いた。私と同い年、あるいは年上の生徒もたくさんいた。

しかし、いかに学校の雰囲気を楽しみたかったとはいえ、こんなのんびりした授業のところでぐずぐずしていられないので、やはり大検を受けることにした。真夏の暑い盛りに四日間、十三科目を受験した。むずかしい試験ではないが、各科目それぞれ六十点以上取らなくてはならないので、オールラウンドな学力を必要とする。

結果は意外によくて、十二科目パスしたが、数学に弱いところを暴露して解析Ⅱを落し一敗地にまみれた。

私は地元の高校もあきらめきれず、アポイントも取らず県庁に駆け込み、県立高校の総元締めである副知事に直訴した。副知事は執務中だったが面会に応じ、それはけしからん話だと共鳴してくれた。すぐその場から教育委員会に電話し、同時に当の高校へも電話してくれた。その結果、急転直下私は二学期から入学できることになった。一生懸命引いていた綱引きの綱が突然切れたような感じだった。

(4)

　こうして私は四年遅れの高校一年生になった。学校の風景はすべて新鮮だった。長い闘病生活からどこかの楽園に来たような心地だった。国語の時間、鶴になって飛び去る「つう」の役を読む女生徒の声が教室に透き通るのに聞き惚れたり、甲子園出場が決まった野球部の選手が力いっぱい練習に励む姿に感慨を覚えたり、偶然私と同じ早稲田の講義録で勉強したと誇らかにいう教師と知り合ったり、やがては母となる女生徒たちが試験のために育児法を暗誦する姿に思わず苦笑いしたり、毎日が楽しかった。
　通学途上では
「私の孫が通っている学校はどちらでしょうか」
と目をしょぼつかせて問うおばあさんに付き添って学校までゆっくり歩いて行ったこと、小児麻痺の足をひきずりながら学校へ急ぐ女生徒を抜くにしのびず、歩くテンポを落したことなどがあった。

高校生活（五首）

十二年の病に克ちて日曜の
校舎に来ればピアノ鳴りをり

アヴェマリア高まりゆけり女生徒の
澄みたる声に合せ歌へる

弁当の蓋の番茶をすすり終へ
バット握りて駆け出す少年

風冷たく頬打つなかを甲子園に
出づる友らにノックはやまず

良きパパになられて如何と黒板に

書かれし文字に教師照れたり

健康には細心の注意を払い、重いものを持つことを禁じられていたので、許可を得て、教科書を全部職員室に置き、手ぶらで登下校する徹底ぶりだった。おかげで三年間一日も休むことなく、皆勤賞をもらって卒業した。

卒業してすぐ大学を受験した。入学式の日、時計台を仰ぎながら正門を入ると、思いがけず、最上級生になっていた旧友が

「よかったねえ」

と出迎え握手してくれた。

――了――

あとがき

この作品は、戦中、戦後の私の特異な生い立ちを描いたものである。

第一章「金木犀の匂うころ」は八歳までの幼、少年時代を描いた。四人の家族全員が病気と戦争、特に連日の空襲に見舞われ、妹が病死、悲惨な生活を生き抜いた父も終戦一ヵ月後病死した。この章は父へのレクイエムにもなっている。

約五年間病いと闘い、この章のタイトルにもしたように、金木犀の匂うころわずか三十八歳で死んでいった父を想う気持ちは年々大きくなるばかりである。

また、敗戦はくやしかったけれども、連日の空襲がぴたりとやんだときのよろこびが大きかったことを思い起こし、戦争は二度と起してはならないと後世に伝えたい。

第二章「プロムナード 1」以下はその三ヵ月後の八歳で脊椎カリエスを発病し、十二年間闘病生活を送った苦闘記で、行きたかった小学校へは一年間のみ、中学校へは二ヵ月しか通学できなかった憾みは今も大きい。

第三章「見習看護婦」は、石膏でつくったギプスベッドにはめ込まれ、絶対安静を余儀なくされた日々の中で、見習看護婦としてやってきた十六歳の少女への淡い初恋を描いた。今の若い世代とはかけ離れている恋かもしれないが、若いころの純粋さへのノスタルジーである。

なお、「看護師」を「看護婦」と書いているのは、当時そう呼んでなれ親しんでいたからである。

第四章「プロムナード 2」は、同室の心臓病患者の相次ぐ死などを描いた。そのあと長かった闘病生活を克服し、紆余曲折のすえ高校に入ってその生活を楽しみ、大学に入ったところで終えている。

入学式の日、最上級生になっていた旧友が、正門のところで「よかったねえ」と出迎え握手してくれたことが忘れられない。

その後の私は、六十一歳のとき突然心臓発作に襲われ米国で七回心臓手術をするまでは病気とは無縁の社会人生活を送った。

振り返ってみれば、カリエスに罹ったあと、同病なるがゆえに正岡子規の多くの著書を読み、自分もこの人と同じく三十五歳くらいで死ぬのかなあとおぼろげに思っていたものだが、多くの人々のおかげで生きながらえ、今やその倍の古稀を迎えることができた。この作品に描いた黒田先生ほかそういった方々に心から感謝のことばを述べるとともに、既述のとおり戦争は二度と起こしてはならないことを含め、この作品を後世への遺書としたい。

著者略歴

高松　健（たかまつ・けん）

1937年　兵庫県生まれ

1964年　京都大学経済学部卒業　三洋化成工業入社

1986年～同社海外ビジネス担当

1997年～同社米国法人社長

2002年　退社

著書に『心臓突然死からの生還――アメリカで受けた手術体験』2006年6月、時潮社。

少年記

レクイエムと初恋と

2008年11月10日　第1版第1刷　定　価＝1200円＋税

著　者　高松　健　©

発行人　相良景行

発行所　㈲時潮社

174-0063 東京都板橋区前野町 4-62-15

電話 (03) 5915-9046

FAX (03) 5970-4030

郵便振替　00190-7-741179　時潮社

URL http://www.jichosha.jp

E-mail kikaku@jichosha.jp

印刷・相良整版印刷　製本・武蔵製本

乱丁本・落丁本はお取り替えします。

ISBN978-4-7888-0631-3